想见你
安达卢西亚

沈歆昕 著

图书在版编目(CIP)数据

想见你,安达卢西亚/沈歆昕著.—重庆:重庆出版社,
2020.10

ISBN 978-7-229-15161-4

Ⅰ.①想… Ⅱ.①沈… Ⅲ.①随笔—作品集—中国—当代 Ⅳ.①I267.1

中国版本图书馆CIP数据核字(2020)第129303号

想见你,安达卢西亚
XIANG JIAN NI, ANDALUXIYA
沈歆昕 著

责任编辑:陈渝生
责任校对:朱彦谚
装帧设计:何海林

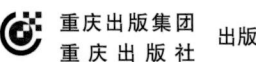
出版

重庆市南岸区南滨路162号1幢 邮政编码:400061 http://www.cqph.com
重庆出版社艺术设计有限公司制版
重庆三达广告印务装璜有限公司印刷
重庆出版集团图书发行有限公司发行
全国新华书店经销

开本:787mm×1092mm 1/16 印张:18 字数:259千
2020年10月第1版 2020年10月第1次印刷
ISBN 978-7-229-15161-4
定价:58.00元

如有印装质量问题,请向本集团图书发行有限公司调换:023-61520678

版权所有 侵权必究

前 言

我相信最好的旅程有两种：一种存在于记忆，一种存在于想象。而记忆与想象之间的界线，原本就是很难分清的。

安达卢西亚（Andalucía）这个地名是多么美妙，我真喜欢地中海沿岸这些以 a 结尾的地名：科尔多瓦（Córdoba）、格拉纳达（Granada）、塞维利亚（Sevilla）、龙达（Ronda）、马拉加（Málaga）……金色骄阳之下，湛蓝湛蓝的响亮的地名，里面丰富婉转的音节是黄色的橘子树和柠檬树，大朵大朵红色的花，和风一吹就翻起银色叶背面的橄榄树。

从首都马德里到安达卢西亚的路上，土壤变得越来越红，远近山丘嶙峋多骨，有许多森森裸露的白岩。不时看见苍翠的橄榄园。还有古城堡的废墟，孤零零地兀立在起伏的山坡上，令人记起这是堂吉诃德的国度。

西班牙诗人费德里科·加西亚·洛尔迦（Federico Garcia Lorca，1898—1936）在他的一首诗里描写的三座城市，无意中勾勒出安达卢西亚最动人的景致：

树，树……
树，树，

枯了又绿。
脸蛋美丽的姑娘
在那里摘橄榄。
风，塔楼上的求爱者，
拦腰把她抱住。
四位骑士经过，
骑着安达卢西亚小矮马，
一身靛蓝和翠绿，
外披黑色长斗篷，
"到科尔多瓦来吧，小姑娘。"
姑娘的头抬也不抬。
三个年轻斗牛士经过，
他们的腰肢修长，
佩着镶银古剑，
身穿橙色背心。
"到塞维利亚来吧，小姑娘。"
姑娘的头抬也不抬。
当暮色变成深紫，带着一缕微光，
一个小伙子走来，
带来玫瑰和月亮的桃金娘。
"到格拉纳达来吧，小姑娘。"
姑娘的头抬也不抬。
脸蛋美丽的姑娘，
仍在那里摘橄榄，
风的灰色的手臂，
把她拦腰缠住。

△ 四月节

树，树。

枯了又绿。

科尔多瓦，塞维利亚，格拉纳达，这三座城市，是安达卢西亚的珠宝。一个采摘橄榄的姑娘，好像流光闪烁的银线，把这三颗珍珠串在一起，却又把它们一一推拒开来。这种吸引和推拒之间的张力，构成了歌谣的魅力。

灰色的风，干绿的橄榄树，是安达卢西亚平原的典型景致，和色彩鲜艳的骑手、穿着橘红色外套的斗牛士形成强烈对比。

这个愉悦的乡居，变化多端，景色宜人。大自然仍在他的童年，轻视艺术与规则，彻底展现其高端气质与自由。在这里，田野与绿色地毯错落有致，令人赞叹，它们的四周是最美的树组成的茂密森林。有的树留着珍贵的香脂、没药与芬芳的树汁，其他的树上垂挂金光闪烁的累累果实，令人心旷神怡。

湖面如镜，湖边镶着小花与香桃木。鸟转啁啾，如旋律柔美的合唱，微风穿过轻颤的树叶，稀稀簌簌，送来山谷树林里怡人的馨香。

这是弥尔顿在1667年所作《失乐园》[①]对"乐园"的描述，而在如今的西班牙，就有这样的地方，这就是安达卢西亚。

在一份习惯上被称为《754年纪事》的拉丁文记载中，无名的作者如是描述来自北非的摩尔人征服者面对安达卢西亚平原的感受：

[①]《失乐园》是英国政治家、学者约翰·弥尔顿（John Milton, 1608—1674）创作的史诗。《失乐园》讲述诗中叛逆之神撒旦，因为反抗上帝的权威被打入地狱，却毫不屈服，为复仇寻至伊甸园。亚当与夏娃受被撒旦附身的蛇的引诱，偷吃了上帝明令禁吃的知识树上的果子。最终，撒旦及其同伙遭全变成了蛇，亚当与夏娃被逐出了伊甸园。该作说明人类从不识不知的原始社会进入生产劳动的文明社会，必须依靠知识和劳动。同时，宇宙间本身就有正反相对、相互矛盾的两种势力存在，人类历史上也反复出现过变革、斗争的流血事件，出现过失乐园的悲剧。《失乐园》与荷马的《荷马史诗》、阿利盖利·但丁的《神曲》并称为"西方三大诗歌"。

"他发现,这片土地,即使饱经战乱,依然如此丰富;即使在它遭受了那么多痛苦之后,依然如此美丽。可以说,它就好像是一颗八月的石榴。"

△ 塞维利亚的西班牙广场

"八月的石榴",一个多么优美的比喻!八月的石榴是深红色的,成熟,甜蜜,饱满,丰盈……

如果说,安达卢西亚性格的一方面是受到摩尔人,也就是东方世界长达几个世纪的影响的话,那么,另一方面无疑就是:欧洲正是从这里开始发现并逐步占领了新世界。就这点而言,安达卢西亚恰是三大文化区域的交汇之处,在这里,人们总是怀着好奇的心情在研究和思考着陌生的文化。

作为欧洲最早有人类定居的地区之一,这一地区还继续受到许多古老的非天主教风俗的影响。这些风俗大部分都传承自摩尔人,只不过随后又披上了一件天主教的外衣加以掩饰而已。

安达卢西亚的很多地方,都会让人感到好像突然回到了中世纪。

"安达卢西亚是被上帝亲吻过的地方",这句话在朝圣者中广为流传。而作为一个行政区,安达卢西亚和在此地诞生的诗歌一样自相矛盾:炎热的海滩和寒冷的山区并存,一种特别的精神气质,吸引诸多艺术家前来朝圣,也催生着艺术家——毕加索、洛尔迦等等。

安达卢西亚一直都是一个诱人的旅游

胜地，许多来过这里的知名作家都曾描写过这片土地：从19世纪的法国作家普罗斯珀·梅里美①、泰奥菲勒·戈蒂耶②以及大仲马③，到其后大批的英国及北美作家。他们中的有些人甚至在这里生活了数年之久，例如：拜伦④男爵、华盛顿·欧文⑤、V.S.普里切特⑥以及洛里·李⑦。当然，还有欧内斯特·海明威⑧，他足以成为衡量所有与斗牛相关的文学作品的标尺，他简直可以称得上是在安达卢西亚安家落户了。

这里的生活节奏混乱无序，自然风光对人们想象力的影响潜滋暗长。毕加索对安达卢西亚的眷恋之情如此深刻，旅居法国多年之后，在生命的最后时日他还是回到了此地。

这里也是西班牙自由观念的发源地。1812年，外国人开始涌入，

---

①罗斯珀·梅里美（Prosper Mérimée，1803—1870），法国现实主义作家、中短篇小说大师、剧作家、历史学家。他的代表作《卡门》经法国音乐家比才改编成同名歌剧而取得世界性声誉，"卡门"这一形象亦成为西方文学史上的一个典型。

②泰奥菲勒·戈蒂耶（Pierre Jules Théophile Gautier，1811—1872），法国19世纪重要的诗人、小说家、戏剧家和文艺批评家。

③大仲马（Alexandre Dumas，1802—1870），19世纪法国浪漫主义文豪，世界文学名著《基督山伯爵》的作者。

④拜伦（George Gordon Byron，1788—1824），英国诗人、革命家，独领风骚的浪漫主义文学泰斗。拜伦著名的作品有长篇的《唐璜》及《恰尔德·哈洛尔德游记》等，他的诗歌里塑造了一批"拜伦式英雄"。他不仅是一位伟大的诗人，还是一个为理想战斗一生的勇士，积极而勇敢地投身革命——参加了希腊民族解放运动，并成为领导人之一。

⑤华盛顿·欧文（Washington Irving，1783—1859），19世纪美国最著名的作家，号称"美国文学之父"。欧文从少年时代起就喜爱阅读英国作家拜伦、彭斯等人的作品。欧文的第一部重要作品是《纽约外史》。1819年，欧文的《见闻札记》出版，引起欧洲和美国文学界的重视，这部作品奠定了欧文在美国文学史上的地位。

⑥V.S.普里切特（Sir Victor Sawdon Pritchett，1900—1997），20世纪英国短篇小说大师。

⑦洛里·李（Laurie Lee，1914—1997），英国诗人、小说家和剧作家。

⑧欧内斯特·海明威（Ernest Miller Hemingway，1899—1961），美国记者、作家，被认为是20世纪最著名的小说家之一，是美国"迷失的一代"（Lost Generation）作家中的代表人物。他的作品对人生、世界、社会都表现出了迷茫和彷徨。海明威的写作风格以简洁著称，对美国文学及20世纪文学的发展有极深远的影响。

更赋予了该港口国际大都市的气度。塞维利亚可能更加宏伟壮观,阿拉伯文化对格拉纳达的影响至今犹存,而加的斯则是狂欢节和讽刺之乐的发祥地。波光粼粼的水域成就了加的斯,英国作家洛里·李写道,它是一座"炽热耀眼的城市,像是蓝色玻璃上的白色涂鸦,闪烁着非洲之光"。这么说真是名副其实。

杰克·凯鲁亚克①在《在路上》一书中描绘道:"我醒来的时候落日正红成一抹晚霞……我远离家园,在漂泊中神情不定,精疲力竭……我只是另外一个人,一个陌生人,我的一生也是屡遭忧患的一生,是一个幽灵的一生。"但,"只是一瞬间,我就到达了盼望已久的狂喜,这是完整的一步,它掠过编年时代进入无始无终的阴影,掠过对于生死王国之荒寂的惊奇,掠过紧追在背后的死亡之感,自己悠然坠入一片空白之中,天使从那儿扑腾起双翅,飞入永久虚空的渺茫之中,不可思议的强光在大脑精髓里闪耀,无数的安乐乡像来自天国的大群飞蛾神奇地飘落下来。"

只有走在路上,见烟树寒林,见煌煌大日,见云气流溢的原始林莽,见朴拙愚真的人群,才会有如此富有意境的人生感悟。

走在路上,是人生的审美活动。

陶渊明的桃花源想必大家都不陌生,"忽逢桃花林,夹岸数百步,中无杂树,芳草鲜美,落英缤纷。"每个人心中都有一片桃花源,绝世而独立,守护着你心底最温柔的部分。每次去旅行,旅行中双眼见过的美好的东西,我都会将它慢慢拼凑出来,一片又一片,浮现在心头。

身处伊比利亚半岛的最南端,隔着直布罗陀海峡与非洲大陆对

---

① 杰克·凯鲁亚克(Jack Kerouac,1922—1969),美国小说家、艺术家和诗人,也是"垮掉的一代"中最有名的作家之一,与艾伦·金斯堡(Allen Ginsberg)、威廉·柏洛兹(William S. Burroughs)齐名。

望，在地中海与大西洋间跻身拓荒。仅从独特的地理位置上来看，你就知道安达卢西亚一定不会缺少故事。在过去的千年里，罗马帝国曾揽它入怀，摩尔人曾跨越几个世纪统治它，哥伦布从这里起锚远航，人类环球航行的起点与终点都在这里……正因如此，从踏足安达卢西亚的第一秒起，我们就成为时间的旅行者，以一眼千年的速度游走在美轮美奂的教堂与宫殿间。这里有蜿蜒曲折又色彩斑斓的半山小巷、充满设计气息的露天咖啡馆、扎堆而建的千年杰作……

△ 西班牙广场的瓷砖画

伍迪·艾伦①曾说过,对他来说西班牙是一个有着特殊意义的国家。

我说,继《午夜巴塞罗那》之后如果他要再拍一部关于西班牙的电影,一定要到安达卢西亚来。

这里热闹非凡,风情万种,仿佛时刻都在上演着生活文艺片。

---

①伍迪·艾伦(Woody Allen,1935—),美国电影导演、编剧、演员、剧作家和音乐家,其职业生涯已逾50年。艾伦独具风格的电影,范畴横跨戏剧、脱线性喜剧,让他成为了美国在世最受尊敬的导演之一。

目 录 ● CONTENTS

1 前　言

1 塞维利亚：自我放逐在神话色彩的殿堂

"混搭风"塞维利亚大教堂 /16
哥伦布，迟到了500年的回归 /23
摩尔三塔的传说 /26
摩尔人的皇宫 /30
马车之旅：流动的盛宴 /39
风情万种的西班牙广场 /42
歌剧之城：城市即剧院 /47
　　卡门在跳舞 /49
　　塞维利亚的舞步永远奔放有力 /52
　　烟草工厂有迹可循 /53
　　狂歌热舞激情澎湃 /55
驶向灵魂的弗拉明戈 /58
一座被金色阳光眷顾的"爱之城" /70
塞维利亚四月节 /70

74　科尔多瓦：繁华落尽的盛世之梦

大食帝国与忧郁的哲学家 /81
  穆斯林的继承，什叶派与逊尼派 /81
  逃亡者的传奇 /82
  白衣大食的嫁衣裳 /82
  历史的邂逅，不曾激起的火花 /83
  唏嘘沧海桑田，摩尔人的故乡 /85

包着教堂外衣的大清真寺：800年冲突的印记 /86

繁华落尽的唯美与迷幻 /91

阿尔扎哈拉：鲜花的废墟 /102

阿尔扎哈拉博物馆：穿越时空的对话 /106

罗马神庙遗迹 /109

风雨罗马桥 /111

庭院深深花嫣然：科尔多瓦的花花世界 /115
  繁花似锦庭院节 /118
  鲜花无奇，巧在主人心思 /124

科尔多瓦的美丽与哀愁 /127

格拉纳达：她是优雅和微笑，她是绝望与叹息 /130

石榴之城格拉纳达：摩尔帝国的夕阳 /135
阿尔罕布拉宫：《一千零一夜》里的梦幻世界 /138
  华盛顿·欧文：拭去尘封记忆的人 /140
  赫内拉里菲宫：高高在上的天堂花园 /142
  查理五世宫：日不落帝国君主的婚房 /148
  纳塞瑞斯皇宫：天方夜谭的童话之宫 /153
帕塔尔宫：存在与虚无 /162
阿卡萨巴碉堡 /163
阿尔拜辛：摩尔人最后的叹息 /166
吉他曲《阿尔罕布拉宫的回忆》：繁华落尽，沧桑不语 /172
洛尔迦：安达卢西亚的精灵骑手 /176

龙达：一个诗人和旅行家寻根的地方 /188

悬崖上的三千年白色古镇 /192
斗牛：充满节奏和感情的艺术 /200
  斗牛的古老起源 /200
  从贵族到平民 /204
  从马背到徒步 /206
  现代斗牛的发源地 /207
美酒之城 /212
现代的小镇生活 /217

安达卢西亚：狂欢飨宴 220

塔帕斯：西班牙饮食国粹 /224
    多变的"盖子" /224
    塞维利亚最古老的塔帕斯吧 /228

西班牙海鲜饭的前世今生 /232
    浪漫而又不失嚼劲的历史碰撞 /234
    不断改良的海鲜饭 /240

西班牙油条：美味在街头 /244

西班牙国酒——桑格利亚 /246

西班牙蔬菜凉汤，盛夏的餐桌之花 /250

科尔多瓦炖牛尾：似曾相识的味道 /256

伊比利亚火腿：小黑猪跑出来的绝世美味 /258

雪莉酒：装在瓶子里的西班牙阳光 /264

塞维利亚:
自我放逐在神话色彩的殿堂

塞维利亚对我的意义，比它对别人的意义多过十倍。这是一个令人愉悦，感到轻松自由，充满阳光和热情的城市。游走在塞维利亚的街道上，一排排白色的房屋沉浸在橘色的阳光中，整个城市温暖、洒脱；乡村里，金黄的农田一望无尽，在太阳光的照耀下，这里就像一座筑着金色高墙的城堡。它是整个安达卢西亚的缩影，包含了这里一切的生与死，明艳的色彩和生动的景色。那时候，我住在塞维利亚一条名叫古兹曼·厄·布宜诺的街上。每每外出或归家时都会路过费尔南多先生开的酒馆。当我办完了上午的事，沿着热闹熙攘的赛尔佩斯街漫步时，会很乐意在回去吃午餐的途中顺道上酒馆喝上一杯曼萨尼亚雪利酒。夜凉如水的晚上，骑马在乡间兜了一圈之后，我牵着马在危险的鹅卵石路上行走，这时我常会在酒馆前驻足，叫男侍把马拴好，然后步入其中。其实那家酒馆仅仅是间狭长而低矮的屋子，因为圪蹴在街的一角，所以两面墙上都有门。酒吧间穿过整个屋子，吧台后面堆放着费尔南多用来招待客人的一桶桶酒。天花板上悬挂着一串串西班牙洋葱、香肠，还有被费尔南多誉为全西班牙最棒的来自格拉

▽ 塞维利亚街景

△ 塞维利亚街景

纳达的火腿。我想上他这里光顾的主要是这附近人家的仆人们。圣克鲁斯这个区后来成为塞维利亚最优雅的地方：蜿蜒的白色街道，高大的房屋，还有零星点缀着的几座教堂。很奇怪的是这里居然冷冷清清。倘若你清晨出门，可能会见到一位一袭黑衣的女士，在女仆的陪伴下去做弥撒；有时，一个牵着驴子的小贩会从这里经过，没有盖子的大驮篮里放着他的货品；或者是一个挨家挨户乞讨的乞丐，每到一扇通往院子的铁门前他都会拉开嗓门，用远古时使用的词句求人施舍。暮色降临，那些驾着两匹马拉着的四轮马车在公共大道上奔驰的女士们回家了,大街小巷回荡着嘚嘚的马蹄声。随后,一切又陷入了宁静。这已是多年以前的事了。我所描写的是19世纪的最后几个年头。

——毛姆①

还是一名医学生时,毛姆就阅读了大量西班牙文学作品,并喜欢上了西班牙,对他来说,这个国家比任何国家都更能代表浪漫。现实好得超乎想象,西班牙南部的光线和温暖让毛姆心中充满了强烈的幸福感。1897年12月7日,毛姆来到塞维利亚,他立刻爱上了这座城市,爱上了这里的人和西班牙甜蜜的生活。"来到这里后,我发现这里仿佛一片自由的乐土,"他写道,"在这里,我终于感受到了青春。"

一百多年后,塞维利亚依旧保持着毛姆笔下20世纪初的模样:城堡、酒吧、马车、教堂……

塞维利亚作为西班牙最南部的安达卢西亚的省会城市,代表了一种典型的南欧热情。欧洲的南北差异显著,越往南,人的肤色越深,发色和眼珠越黑,性格也更加开朗热情。在马德里的时候,西班牙朋友阿德里安(Adrián)对我说,"你一定要去塞维利亚。我最热爱我们南部的城市了。我们有舞蹈和斗牛,我们有音乐和美酒,我们每天都不睡觉。""不过,我们也不说英语。你要去马德里或者巴塞罗那的话,他们会和你说英语,但是,在塞维利亚,no English!(不说英语)。"阿德里安是典型的南欧人,古铜色的皮肤,富有无尽的能量,对谁都是"自来熟",少不了拥抱和贴面吻。

---

① 威廉·萨默塞特·毛姆(W. Somerset Maugham,1874—1965),英国现代小说家、剧作家。他分别于1905年和1935年出版了有关西班牙的游记《圣洁的天国:安达卢西亚见闻和印象》(The Land of the Blessed Virgin: Sketches and Impressions in Andalusia)和《西班牙主题变奏》(Don Fernando)。

△ 塞维利亚街景

  而热爱塞维利亚的，显然不止他一个。塞维利亚以及其所在的西班牙南部的安达卢西亚，是欧洲人最喜欢的度假地之一。北部的德国人、瑞典人尤其喜欢到这里度假，享受地中海的阳光。历史上在这座城市逗留或留下文字的文人雅士同样不少。这让人联想到历史上西班牙人和北非摩尔人对这座城市的反复争夺。一般说来，很多人争抢的往往都是好的，就像众多人追求的姑娘。而人人都爱的城市，也证明了其独特的魅力。

  在很多人的眼里，塞维利亚的身上贴满了文艺的标签，卡门（Carmen）、唐璜、斗牛、弗拉明戈……再印象派一点，这是个用红色笔刷肆意涂抹出来的城市。如果说科尔多瓦是金黄的，格拉纳达是洁白的，那么塞维利亚就是热烈的红色：是番茄的红，是弗拉明戈舞者衣裙的红，也是斗牛伤口中流出的血的红。

Andalucía

想见你，安达卢西亚

Sevilla

塞维利亚 自我放逐在神话色彩的殿堂

△ 弗拉明戈

△ 塞维利亚的黄金塔

　　一句古老的西班牙谚语说：谁没看到塞维利亚，谁就没有看到奇迹（Quien no ha visto Sevilla, no ha visto maravilla）。这个温润的口岸城市，已经习惯于躲在巴塞罗那和马德里的富贵后面恬静地享受瓜达尔基维尔河的津润。

　　初见塞维利亚，是在二月的清晨。

　　天渐渐亮了。

　　巨大的朱红色围上来，那是厚实的红。这里似乎已经不是欧洲，我甚至能感觉到非洲大草原的热风熏过来。

　　地中海的阳光好像一位魔法师，在曲曲折折的小巷中洒下一片片光辉，让塞维利亚的每一个角落都散发出温暖柔和的光晕。

　　这是一座橘花飘香的城市，遍布公园、街巷的橘树是它的象征。

当橘花开放,塞维利亚就迎来了欢乐的四月节和圣周大庆典。这是卡门、唐璜、费加罗的舞台,一幕幕悲喜剧以塞维利亚的街道、教堂和斗牛场为背景上演着。这是弗拉明戈的发源地,无论是欢乐还是悲哀,塞维利亚的舞步永远奔放有力。

在中国的古诗中有"鸟鸣山更幽",在塞维利亚明媚的阳光下,那一墙流泻而下的灿烂花影,愈加让我感受到了一份午后的宁静与淡然——"花灿巷愈静"。我屈起膝盖靠着长椅,手里拿着《唐璜》,耳机里是麦当娜的 *La Isla Bonita*(《美丽的海岛》)。那是在塞维利亚的最后一天。大学时我学会的第一个西班牙语单词就是"Siesta"。如果你听过这首歌,里面就有:

I want to be where the sun warms the sky
我想回到那个阳光温暖的天空下
When it's time for siesta you can watch them go by
在那个午睡的时候,你能感受时间的流逝
Beautiful faces, no cares in this world
美丽无邪的面孔,仿佛这个世界上没有烦恼
When a girl loves a boy, and a boy loves a girl
那里,一个女孩深爱着一个男孩,一个男孩深爱着一个女孩

Siesta 是西班牙语的"午睡"。尤其是在西班牙南部的安达卢西亚地区,像是塞维利亚,到下午人都是慵懒的,很多店在下午两点到五点都不开门。1989 年诺贝尔文学奖得主、西班牙作家塞拉(Camilo José Cela)曾称午睡为"伊比利亚式瑜伽(el yoga ibérico)"。

美丽的人儿都在午睡吧。

老城里的阳光显得金灿灿的,格外热烈。我面对着塞维利亚主教

Andalucía

想见你，安达卢西亚

堂的塔楼前的小广场，右边不远处是塞维利亚皇宫，墙角下有一个男人弹着西班牙吉他，乐音悠扬地飘在广场上。对面的长椅上一个西班牙男生坐着读书。左边是成列的马车，马蹄踢踢踏踏地踩在石板上，一群群的鸽子时不时地飞起来，又落到西印度洋群岛档案馆的屋顶上。

　　这座光辉灿烂的城市里栖息着形形色色的人，远胜于我的幻想。

△ 塞维利亚皇宫

四处荡漾着乐声，温煦的空气里一扇打开的阳台门后，传来吉他或钢琴声，断断续续的歌吟与击掌声。气味也浓烈，咖啡、深色烟草的烟雾、大蒜、摩托车尾气、Heno de Pravia（西诺普拉维亚）——很多西班牙人爱用的甜美的古龙香水，还有成千上万株橘树散发出的香气。

抬头盯着大教堂边上结满黄澄澄果实的橘树，有那么几秒的时间，我觉得这个时刻像是凝固了。

总是有些时刻突然就打动你，像是走着路，读着书，谁的一个小小微笑，不一定多么激动人心，不一定多么戏剧化，但你明白，它们会深深地印在你脑海里。

欧洲的城市我去了不少，那么浓烈的，那么打动我的，大抵都是南部的城市。比如意大利西西里的锡拉库萨。塞维利亚打动我的，是音乐——吉他、弗拉明戈、西班牙民谣……

我低头继续看《唐璜》，看拜伦如何描写这个塞维利亚的浪子。或许几百年前，他正坐在我所坐的地方，思忖着未来；还有卡门，在不远处的香烟厂，现在的塞维利亚大学，翩翩起舞，唱着爱情是只抓不住的小鸟。可能阳光的缘故吧，安达卢西亚盛产和气温一样热烈的人物。

塞维利亚街头的人们 ▷

Sevilla

塞维利亚 — 自我放逐在神话色彩的殿堂

13

在塞维利亚，你会感慨，阳光是如此地灿烂和慷慨，精力充沛地照耀一整天，即使在冬日，夜的幕还迟迟不肯落下，于是高远、明净的蓝天便长时间地舒展在头顶，直到饮足了阳光的热力，微醺的脸上出现了绯红的晚霞，才肯敲敲悠远的钟声，提醒燕子"归巢了归巢了"，自己方才沉沉地向昏黑睡去。

植物们也不闲着，沐浴了充足的阳光，在夜晚悄无声息地舒展、攀爬、酝酿，在第二日阳光的召唤下浓妆艳抹，以华丽的姿态登场。夹竹桃披了一身沉甸甸的粉嫩花朵，轻咳一声便不由得落下一地花瓣；木槿骄矜地打开了红艳的太阳帽；三角梅迎着阳光迫不及待地晒出了自己的繁花被面，流泻了一墙的紫影；棕榈树伸长了脖子，以一头油亮的墨绿发型招引着年轻姑娘们的目光；橡树以庞大的腰围显示着他的非凡气度。而我，则轻舞一曲，在肆无忌惮的阳光下，旋转，旋转，旋转，将周围的姹紫嫣红、明黄嫩粉、净蓝墨绿旋转成一件生机勃勃的彩色花裙。

伴着入夜后的徐徐凉风游走在老城的小巷里，迷路是必然。夜里的城市让人迷醉，这座城的居民都是昼伏夜出的精灵。晚上的街边和酒吧里，激情依旧的年轻男女，身上都流淌着唐璜和卡门的血液。没有固定的主题，一切都有可能。深深窄巷，任由你徘徊。

塞维利亚的午夜，则妩媚动人，这是一座充满浓郁风情的城市，浪漫、迷人，慵懒中不失明媚。记得拜伦的《唐璜》曾这样描绘塞维利亚："塞维利亚，一座有趣的城市，那地方出名的是橘子和女人——没见过这座城市的人真是可怜……"我想起还曾有人说过："塞维利亚不是那种通俗的大众情人，而是和主流保持一定距离却又不断挑动人们欲望的尤物，就像卡门那样。很少有人能拒绝卡门的魅力，而人人都爱塞维利亚。"

人人都爱塞维利亚，我也是。

△ 塞维利亚大教堂的天花板

Sevilla

塞维利亚 — 自我放逐在神话色彩的殿堂

"混搭风"塞维利亚大教堂

步行是了解一座城市最好的方法。只有依靠步行，才能接触到一座城市的灵魂。从下榻的酒店到大教堂，必须穿过圣克鲁斯旧城区。圣克鲁斯区是这座城市保留得最完好的老城。毛姆笔下的圣克鲁斯区优雅而冷清。而今，这里依旧优雅，却成了塞维利亚最热闹的地方之一。

从露台望去，完好地保留了几百年的古城尽收眼底：狭窄的街巷，白墙彩陶，以及北非地中海风格的庭院。每家每户支起的天线像杂草一样生长。历史的变迁留下的城市遗产杂乱纷繁又和谐统一，让人感到浓郁的烟火气息。

就在我七拐八绕、沉醉于这种小情小调之际，大教堂像童话里公主的巨大城堡一样突然撞进视线，让我在毫无准备的情况下迅速成了她的俘虏。

塞维利亚的历史，不仅仅有伊斯兰文明的干预，更离不开基督教的影响。

11世纪，塞维利亚成为了西班牙最重要的城市。大教堂的每一块石头都有着自己生动的故事，讲述着在塞维利亚爆发的史诗性战争。这里最初是一座塔尖，它曾经屹立在城市的中央，清真寺的一部分自它而起。曾象征穆斯林之忠诚的它现在被赋予了更高的使命。复兴的钟声响起，这座钟塔是那场震动西班牙的战役的伟大象征。战役持续了几百年，在13世纪中期蔓延到了塞维利

△ 大教堂外部

Sevilla

塞维利亚 — 自我放逐在神话色彩的殿堂

△ 大教堂钟楼

亚，而这里也曾诞生了一场现代西班牙的战争。12世纪的基督徒费尽全力地攻克了安达卢西亚，接下来一个接一个的伊斯兰城市沦陷在这场战火中。塞维利亚也在1248年被来自北非的摩尔人占领了。

自从1248年摩尔人征服塞维利亚以来，这座摩尔人的建筑，转变成了塞维利亚大教堂的诸侯大主教管区。这座建筑物改变了洗礼仪式的方向，向南是所有清真寺的方向，而基督教的礼拜堂放置在东侧。朝拜墙外侧和壁龛的地方是圣母玛利亚祈祷室，在祷告大厅的柱子间为了创建侧壁的小礼拜堂设了隔断。随着时间的推移，墙壁和柱子被祭坛画和油画所覆盖。

就像所有从微小到巨大的人类创造物一样，塞维利亚大教堂始于一个梦。据说，1401年夏季的一天，塞维利亚的神父们做了一个相同的梦，在梦中，他们被告知：他们必须重建毁于地震的教堂，而且，要把它打造成一座天下无双的建筑。于是，在原来的清真寺基础上，他们建立起了这座中世纪时期世界最大的教堂。大仲马写道："这座大教堂于15世纪的时候紧挨着希拉达塔修建而成。它的修建者曾经下命令拆除了穆斯林大清真寺里除了这座美丽绝伦的塔楼之外所有的建筑，而这座教堂华丽的装饰就像是它的建造者所发出的豪言一样：'我们所建造的教堂的华丽，必须让我们的后代们感到那是一种疯狂的铺张。'"对于这座大教堂，弗吉尼亚·伍尔夫称之为"大象一般笨重的美"："虽然并不好看，还是令人难忘，就好像一处陡峭悬崖或者一个无底深井给人的感觉那样。"

大教堂的重建从1402年开始，直到16世纪才完成。其中殿高42米，室内装饰堪称奢侈，储存有大量的黄金，曾经一度取代君士坦丁堡（今土耳其的伊斯坦布尔）的圣索菲亚大教堂成为世上规模第一大的教堂，而在此之前圣索菲亚大教堂保有这个称号将近一千年。

今天的塞维利亚大教堂是天主教塞维利亚总教区的主教堂。它是世界上最大的哥特式主教堂之一，也是世界第三大教堂，1987年被联合国教科文组织列为世界文化遗产。

走进大教堂，可以看到完全覆盖的高高的拱形建筑结构，飞扶壁以及典型基督教的标志，它们随处可见，甚至是在那些不可能想到的地方。如果要试图寻找伊斯兰的踪迹，只要观察得足够仔细，就会发现有些古老的习惯是不会改变的。正是在这座教堂里，正是在建筑风格的冲撞和融合中，我们看到了安达卢西亚的双重宗教特点。如果不去墓地拜祭克里斯托弗·哥伦布，如果不去欣赏画有《旧约》场景的教堂彩窗的话，离开这里一定会有遗憾的。

主礼拜堂有雕刻了82年的世界最高大的包金木祭坛，展现45个基督故事场景的木刻浮雕达220平方米。王室礼拜堂埋葬着几位国王及王后。而最令人瞩目的是大厅内航海探险家哥伦布的陵墓，其灵柩由四位哥伦布时代

△ 大教堂外部特写

Andalucía

想见你，安达卢西亚

△ 大教堂穹顶

△ 大教堂外部顶部

西班牙国王的雕像抬着。国王雕像则穿着代表1492年西班牙四个省区卡斯蒂利亚（Castile）、莱昂（Leon）、纳瓦拉（Nararre）和阿拉贡（Aragon）的正式传统礼服。卡斯蒂利亚女王伊莎贝拉手持一根长矛，长矛上穿着熟透的石榴，表达在精神物质上支持美洲探险的女王对哥伦布的敬意。

哥伦布，迟到了500年的回归

有关哥伦布的遗骸是否真的在大教堂内的争论延续了上百年，直到2016年才初步得到确认。

在欧洲，哥伦布的生与死都带有神秘色彩。历史学家迄今也无法确定哥伦布的准确出生地点，但是无可置疑的是，哥伦布的航海活动大部分是在以塞维利亚为中心的安达卢西亚海岸进行的。这片神奇的土地对哥伦布的一生产生了重要影响。

　　1492年1月，在围困了十年之后，信奉基督教的阿拉贡国王费迪南二世和卡斯蒂利亚女王伊莎贝拉夫妇终于将摩尔人在西班牙的最后一个据点格拉纳达攻克，自此，伊斯兰势力全面退出西班牙。战争结束后的一天，伊莎贝拉女王心情不错，于是她接见了一位已经等待了好几年的名叫克里斯托弗·哥伦布的热那亚人，女王听说了他那看起来很荒唐的探险计划——从海上向西航行，到遍地黄金的亚洲去！女王说："人们都说西面的大洋是不可逾越的。"哥伦布说："那么他们以前是怎么说格拉纳达的呢？"女王想了想，自语道："说它是不可征服的……"于是几个月后，哥伦布得到王室赞助，以西班牙国王的名义出航，并最终到达了他以为的印度大陆，开辟了美洲贸易。

▽　哥伦布灵柩

大教堂内部　▷

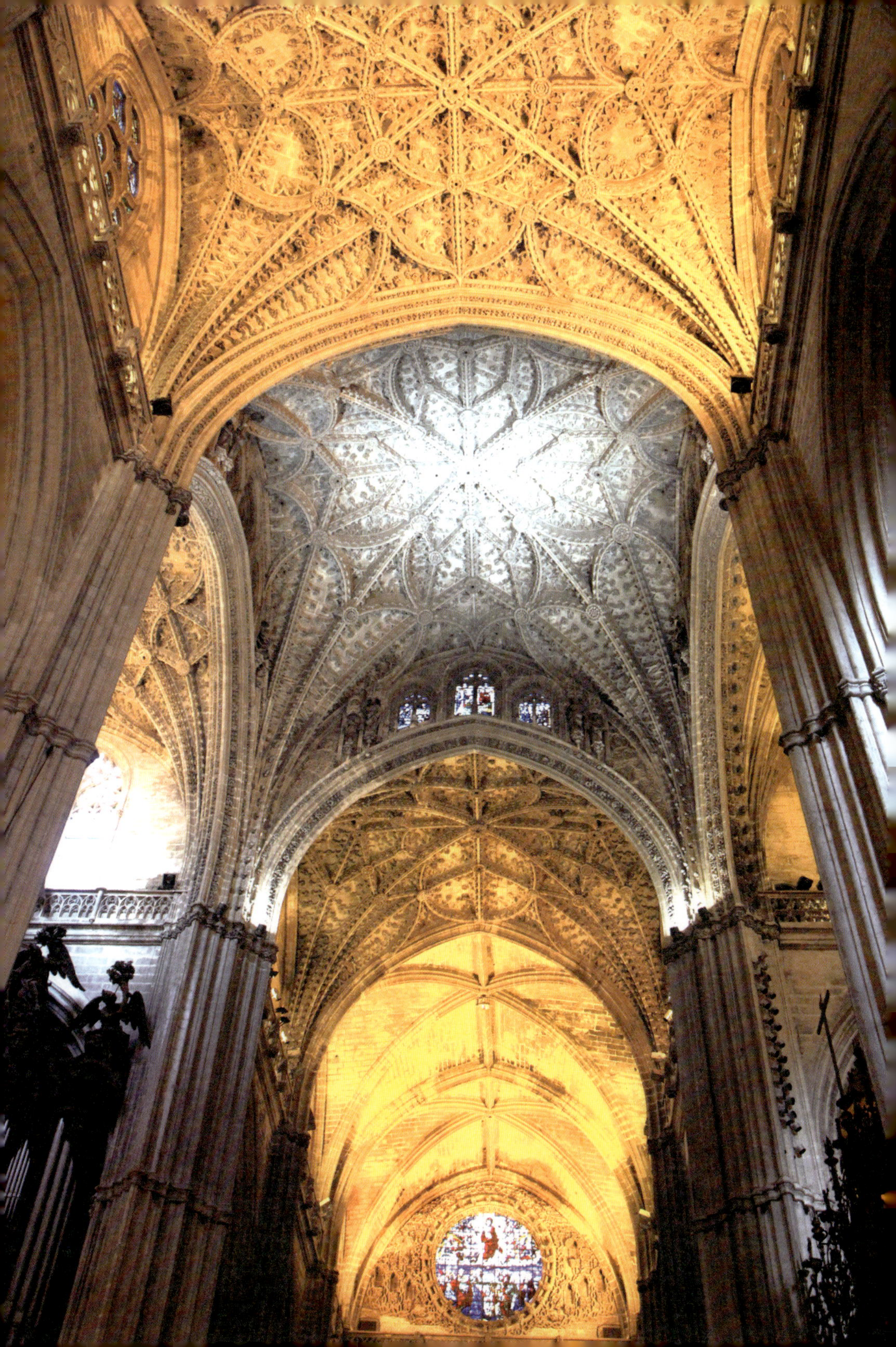

1506年5月20日，哥伦布死于西班牙北部城市巴利亚多利德，最初被安葬在塞维利亚一家修道院。1537年，哥伦布家人按照哥伦布希望埋葬在美洲大陆的遗愿，把他的遗骸送到了现位于多米尼加的圣多明戈大教堂。1795年，法国人占领了该地，西班牙为了不让哥伦布的遗骸落到法国人的手中，把遗骸送往古巴哈瓦那。1898年西班牙失去了包括古巴在内的所有海外领地时，哥伦布的尸体又被送回塞维利亚，安息在瓜达尔基维尔河畔的大教堂里。

然而，1877年当工人在圣多明戈大教堂施工时，发掘出一个铅质箱子，箱子的表面刻有"杰出和尊贵的男人——克里斯托弗·哥伦布"。多米尼加人称，这才是哥伦布的真正遗骸，而西班牙人1795年带走的是另一个人的遗体。为此，多米尼加专门为哥伦布的遗骨建造了纪念碑。

哥伦布埋葬地的争论就这样持续了上百年，2016年5月，西班牙格拉纳达大学的研究人员经过四年的研究，运用DNA比对，终于确认塞维利亚大教堂安放的遗骸就是哥伦布的。在去世五百年后，哥伦布终于真正回到了他开始远航的地方。

摩尔三塔的传说

无论在塞维利亚何处，都可以见到挺拔纤秀的希拉达塔（La Giralda）。虽然1755年的里斯本大地震损毁了教堂，但随后由原来的宣礼塔改建的钟楼被加建得更高，约100米高的方塔满布的几何形雕刻印着摩尔人的印记，这便是著名的"摩尔三塔"之一。作为原伊斯兰清真寺建筑中仅存的一部分，塔身墙面上有各种标志阿拉伯艺术特色的花纹图案，塔楼立面上醒目的网状装饰和多拱的马蹄形窗户都显示着阿拉伯建筑艺术的瑰丽。而塔楼上用青铜制造的希拉达女神像则具有文艺复兴式的艺术风格。毛姆曾感叹道："这一切都奇怪得让人觉得不可思议，我感觉我自己似乎突然被送到另一个世界中。"

当一圈一圈地攀上三十多层围廊，站在钟楼顶层的时候，你会惊叹她的美丽。这时，整个塞维利亚在面前展开：脚下是教堂起伏的穹顶，好像一座座苍白的小丘；很多雕花的纤细石柱，好像一丛丛林立的长矛；优美的拱形窗户外面，小小阳台的洁白栏杆，从半圆的黑暗中呈现出来，让你恍然觉得似乎从那神秘的、满月一般的黑暗中，马上会露出一张美丽的摩尔少女的面庞。在教堂的庭院里，种着一排排橘子树。绿色的波涛里，闪烁着很多小小的金帆。

△ 希拉达塔

传说12世纪摩尔人的世界有三座方形巨塔，它们各扼险要，遥相呼应。其实这并不是传说，是真实存在的，三座巨塔分别在西班牙的塞维利亚、摩洛哥的拉巴特和马拉喀什，它们是安达卢斯（Andalus,今安达卢西亚）时代的象征，也许说纪念碑更合适一些。

"摩尔三塔"的第二座，就是在1195年苏丹下令于拉巴特修建的

△ 摩尔式风格的瓷砖画

世界规模最大的清真寺,当时他已得知塞维利亚的希拉达塔计划要建造60米高,所以哈桑塔原计划要建造85米高的争夺第一。不过事与愿违,最终只有半截方塔矗立在大西洋的海风中……

"摩尔三塔"的第三座,就是位于马拉喀什的库图比亚清真寺(Koutoubia)。作为阿尔摩哈德朝代的典型宗教建筑,库图比亚清真寺以其独特的建筑风格和高耸的方塔,成为北非最美丽的清真寺之一。这里原来是马拉喀什的纸张集市,库图比亚的名字也由此而来。清真寺内由17道柱廊组成北非最大的祈祷厅之一,可同时容纳2万人。方塔高77米,四面外墙的雕花及碑铭装饰均不相同。从12世纪至今,库图比亚清真寺一直都是马拉喀什市区的最高建筑,俨然成为马拉喀什的标志。

建筑是时代的标示。历史上某个时代若能被后世称为是伟大的时代,那它一定拥有着令人骄傲的建筑作品。打开谷歌地图俯瞰,"摩尔三塔"鼎立于直布罗陀海峡两岸的大陆,它们在建造之时,就注定成为伟大的历史。

在塞维利亚的阿拉伯艺人和工匠们不满足于传统风格，他们汲取了当地的罗马和西哥特建筑精华，将这些因素与伊斯兰的艺术风格结合在一起，创造出了独树一帜的经典建筑，其最突出的特点，就是巧妙地融合朴素和华丽、简单与繁复。

主教堂钟声响起的时候，突然记起《唐璜》音乐剧中 Tristesa Andalucia（《安达卢西亚的忧伤》）的一句歌词：

△ 摩洛哥马拉喀什的库图比亚清真寺

Vienesa caballo
你骑着骏马而来
Bajandoel monte
翻山越岭
Suenanlas Campanas de mi Giralda
我主教堂的钟声已然响起

在塞维利亚，你可以什么也不做，只是坐在大教堂附近热闹的街巷里，在密密叠叠的阳伞、一个挨一个的餐桌间，找寻一个适合的位置，让自己沉没在身边生机勃勃的人群中。但你的感官绝不会寂寞：

眼前挂满果实的橘子树、美丽宏伟的大教堂、街边鲜花烂漫的窗口、路上走过的轮廓分明的俊男靓女；耳边各种语言混杂、富于生气但并不喧嚷的交谈声、欢笑声，某个街头艺人优美而略带忧郁的吉他声，载着游人的马车经过时的清脆马蹄声；而各色美食扑鼻的香气更是让你按捺不住，蠢蠢欲动；当清醇的葡萄酒绽放在你的舌尖，鲜美的食物舒缓你的味蕾，你会像我一样，爱上这座城市。

不同于格拉纳达的忧伤、科尔多瓦的厚重，塞维利亚好像是一场永不结束的盛筵，生机盎然、风情万种。

摩尔人的皇宫

大教堂的旁边，是被高大城墙围起来的塞维利亚皇宫（Alcazar），入口是厚重威严的红色狮门，这是阿里莫哈德王朝时期的风格。塞维利亚皇宫作为欧洲最古老的皇家宫殿，已被选为世界文化遗产。皇宫始建于1181年，持续营建时间长达500多年。

在塞维利亚，我总是被它扑面而来的迷人的"混血"气质所吸引。随着异族入侵而来的伊斯兰文明虽然早已随风而逝，但它们留下的摩尔人文化、斗牛、弗拉明戈、清真寺、摩尔式建筑却与今天笃信天主教的塞维利亚人完美地融合在一起。就像血缘最远的结合才能生出最美丽的孩子，地理上、宗教上差异最大的两大文化之间，在塞维利亚也结出了令人意想不到的硕果。塞维利亚皇宫就是其中最炫目的奇葩。

在皇宫的地基上，曾出现过一座古罗马卫城、公元初年的大教

△ 皇宫城墙

堂、几座西哥特建筑、一座阿拉伯碉堡和建于9世纪的第一座阿拉伯要塞。塞维利亚被收复后，这里成为西班牙国王在南部的行宫，据说今天西班牙国王来塞维利亚还经常下榻于此。皇宫的一些外围建筑已被改造成豪华酒店和活动中心。

　　从来自北非的摩尔人统治时期开始，皇宫就被历代君王不断扩建改造，到今天形成了奇特的各种建筑风格共生的现象：伊斯兰、新古典主义、哥特、文艺复兴、巴洛克、洛可可、纯粹主义……而这其中，对王宫城堡的艺术风格推动作用最大的是14世纪在位的卡斯蒂利亚国王、西班牙历史上著名的暴君佩德罗一世。

　　佩德罗一世的父亲阿方索十一世（有说阿方索六世）与情妇生了七个颇有势力的私生子，这给作为他唯一合法儿子的佩德罗带来了巨大的麻烦，他不得不杀死四个异母的兄弟以确保王位继承，又将反对他的贵族扔到锅里活活煮死。他娶了法国公主、波旁家族的布兰奇为妻，然而婚后他就获悉自己戴了"绿帽子"，而情敌正是他的异母兄

▽ 塞维利亚皇宫

Sevilla

塞维利亚——自我放逐在神话色彩的殿堂

△ 皇宫内

弟。佩德罗做出了西班牙式丈夫的决定，他下令处死情敌，他那被指控通奸的妻子不久也神秘死去。另一个版本则说，佩德罗一直深爱着他的情妇，所以结婚第二天就离开了布兰奇，从此再没见过她。两年后为了去掉这个负担，他派人杀死了年仅十七岁的王后。无论如何，佩德罗的暴行给他自己带来了"残酷血腥"的称号。

然而，暴君佩德罗却非常喜爱塞维利亚这座充满异域浪漫风情的城市，他要在皇宫里为自己盖一个堪称集大成的完美宫殿，他请来了建造格拉纳达著名的阿尔罕布拉宫（Alhambra）的艺术家及工匠，还有从托莱多来的阿拉伯人、犹太人工匠，终于将欧陆风格与伊斯兰风情融合在一起。佩德罗宫成为今天王宫最富有魅力的部分，也是皇宫的中心。它给人的第一印象是宽阔和雅致，宫殿内布满了精致的雕刻,色彩鲜艳的瓷砖,在光与影中交错的雕花垂拱,蜂巢状的金色圆形天花板。哥特式建筑元素与伊斯兰黏土与灰泥的建筑风格融为一体,糅合伊斯兰教色彩的特点,巧妙地运用阴影回廊,壁饰毛毯及雕花技巧,使得它跟其他欧洲常见的宫殿大不相同。特别是宫殿的中庭,华丽的游廊雕饰、纤巧优美的石柱,宛如国色天姿的少女。"这里列于两旁的一排排叶形拱廊宛如叠云缭绕,引人入胜。这里的大使厅,其周围的瓷砖地面、围墙和镶嵌式天花板令人不禁赞叹穆德哈尔匠人巧夺天工的技艺。"佩德罗宫的各扇门也极为精美,是托莱多木匠的杰作。

　　大使厅是国王接见各国来使的地方,它是在旧的11世纪宫殿的基础上修建的,是皇宫中最重要最壮观的房间。大使厅里有一个用镀金制成的半球形圆屋顶,精妙绝伦,圆顶周围的丝带织品勾画出了星系。由于这个厅的形状,它之前被称为半橘厅。

▽ 皇宫内

置身于佩德罗宫殿的繁复瑰美，想象着佩德罗那惨烈而又残暴的一生，不能不说又是一种奇异的混合。

皇宫一大特色是有占地7公顷的庞大花园，当年也是穆德哈尔风格的，但今天主要是以18、19世纪风格为主。里面有18个命名的花园，其中有水银池塘，它象征着贸易。池塘中的神雕像喷泉是用铜制作的，它和希拉达塔上的风向标都出自工匠莫瑞尔之手。1935年，在这喷泉旁，诗人洛尔迦向一群塞维利亚的朋友念诵了《斗牛士之死的挽歌》，这是他唯一的一首长诗，有一节是：

牛和无花果树都不认识你，
马和你家的蚂蚁不认识你，
孩子和下午不认识你。
因为你已长眠。
石头的腰肢不认识你，
你碎裂其中的黑缎子不认识你。
你沉默的记忆不认识你，
因为你已长眠。
秋天会带来白色的小蜗牛，
朦胧的葡萄和聚集的山，
没有人会窥视你的眼睛，
因为你已长眠。

——北岛译

△ 皇宫花园

并非每个人都知道塞维利亚皇宫有多美丽，直到《权力的游戏》第五季第二集里，这个地方被取景来当做多恩王庭的所在。就在塞维利亚皇宫进门不远，你看得见塞维利亚海政大厅：世界上第一幅世界全图在那里绘制；阿美利哥·韦斯普奇由此出发，用他的名字去命名美洲；麦哲伦在这里陈述计划然后出发，去

△ 皇宫内

成为世上第一个环绕地球的航海家。并非每个人都知道,宏伟的塞维利亚主教座堂是最大的中世纪哥特式大教堂,但人们很容易被满厅黄金装饰闪耀双目,被高耸入云的希拉达塔震撼,以及,在主教座堂里,你看得见四个巨大人像扛着一尊巨大的棺木:那里面装着克里斯托弗·哥伦布。

是的,这就是塞维利亚的传说,哥伦布、麦哲伦、阿美利哥·韦斯普奇这些名字,或许比唐璜与卡门更动人。塞维利亚堆砌着关于海洋的传奇,确切说,也是西班牙乃至欧洲史上的浪漫传说。众所周知,1492年西班牙占领格拉纳达,阿拉伯人被赶过直布罗陀海峡,同年哥伦布出发向西,发现了新大陆;伊莎贝拉一世与她的丈夫费迪南二世喜极而泣,认为这无限的财富是上帝的恩赐,是他们在格拉纳达击败摩尔人的酬劳。

后来的故事我们知道了:大航海时代开启,地中海不再是世界航海的唯一中心,西班牙和葡萄牙向着大西洋和新大陆张开怀抱,呼吸着新世界的一切财富:香料、咖啡、象牙、白银、辣椒、烟草、玉米——而最初,这个新世界的大门在哪里呢?伊莎贝拉规定:新大陆运来的一切,以塞维利亚为唯一贸易港口。

马车之旅:流动的盛宴

大教堂门口,马车恭候着来自世界各地的游客,可以随时载着你体验塞维利亚这座神话般的城市。

马车沿着瓜达尔基维尔河畔的大道跑,岸边的"金塔"隐约可见。金塔与希拉达塔齐名,是塞维利亚又一个象征。金塔是一座多角

△ 塞维利亚街景

形的防御塔,是摩尔人于1220年为保护港口而建的,最开始与城墙连接。金塔的称呼来自它曾经装饰着闪闪发光的镀金瓦,今天在夕阳之下,它照样金光灿烂。河对岸立有一座结构相似的"银塔"(矗立在旧日的金银币制造厂内,当时的金银来自美洲),它和金塔通过相连的铁链控制港口中的船只进入。1248年,费尔南多三世围困塞维利亚,久攻不下,只能派大将率船队潜入大河,切断铁链,才拿下塞维利亚。

费尔南多三世死后葬在塞维利亚大教堂，墨西哥文人富恩斯特在他的《被埋葬的镜子》中写道："他的墓每年会开启两次，身着王服、头戴王冠、留着长长的白胡子的费尔南多就这样出现在我们的眼前。这意味着，他是不朽的。"

很快，马车驶过玛利亚·路易莎公园（María Luisa Park）。这是塞维利亚最漂亮的公园，公园内有两个重要的建筑物，一个是考古博物馆，上面有卡尔五世的标志。另外一个是民俗博物馆，它是穆德哈尔式的建筑，其前面有个美丽的池塘，种着莲花。走在公园的道路上，我想起挪威作家乔斯坦·贾德写的小说《玛雅》，它描写许多玛利亚·路易莎公园的神秘。"玛雅"这个书名来自于西班牙画家戈雅[①]的名画《裸体的马哈》[②]。《玛雅》是吉卜赛女人 Alma Gitana[③] 与戈雅《裸体的马哈》的神秘综合体。塞维利亚处处充满了不可言喻的神秘，走在这里，神秘便会感染你。

[①]戈雅 (Francisco José de Goyay Lucientes，1746—1828)：西班牙浪漫主义画派画家。1815—1816年，69岁的戈雅完成了33幅斗牛主题的铜版画，描绘了西班牙传统斗牛比赛的场景。戈雅对斗牛着迷，他曾跟随一队斗牛士前往意大利旅行，还为自己画过一幅身着刺绣纹饰斗牛服的自画像。

[②]这幅特别的作品是戈雅在该体裁被宗教裁判所禁止的那个时代唯一的一幅女性裸体画。少有女性裸体画能像这幅作品那样引发如此多的研究，而有关画中人身份的浪漫传说也对此推波助澜。根据戈雅其子哈维尔的证言，戈雅在本画中表现的是维纳斯，但画家却是以写实和直接的方式将她表现出来，不带任何神话色彩。在此幅画之后，戈雅又创作了《穿衣的马哈》。

[③]Alma Gitana，西班牙电影《吉卜赛灵魂》(1996)的女主角，吉卜赛女郎。

风情万种的西班牙广场

据说西班牙每一座城市都有"西班牙广场"。塞维利亚的西班牙广场是我心中最美的一个,因其深藏在玛利亚·路易莎公园内,有一种犹抱琵琶半遮面的美感。西班牙广场建成于1928年。1929年伊比利亚美洲博览会期间,这里被用作东道主西班牙的国家展馆,其设计者是阿尼巴尔·冈萨雷斯,冈萨雷斯是塞维利亚传统地方主义建筑师。当时建筑界的一个流派主张以地方传统风格、传统建筑材料和传统工艺来建造新的建筑,西班牙广场便是这一流派的代表作。经典电影《阿拉伯的劳伦斯》的开场也是在此取景的。

△ 塞维利亚的西班牙广场

△ 西班牙广场

△ 西班牙广场侧面

Sevilla

塞维利亚 自我放逐在神话色彩的殿堂

△ 西班牙广场一角

▽ 西班牙广场的瓷砖画

△ 西班牙广场

▽ 西班牙广场的瓷砖画

Sevilla

塞维利亚 — 自我放逐在神话色彩的殿堂

塞维利亚的西班牙广场由一栋呈半弧形的红砖建筑环绕，建筑外部镶嵌满各种美丽的瓷砖；建筑本身由廊柱围成，象征南美殖民地的拥抱。在建筑物和中央圆形大广场间，有条半月形小运河，上有四座以瓷砖砌成的拱桥；在半圆形的拱门扶手下方，以58幅镶嵌彩瓷壁画描绘西班牙各城市的万种风情，既古典又浪漫。瓷砖画艺术（Azulejo）的名称源于阿拉伯语，意即"精美的石头"，最早由阿拉伯传入西

△ 西班牙广场夜景

班牙和葡萄牙，历史悠久，享有盛誉。这种绘画与烧制结合的艺术曾在欧洲伊比利亚文化进程中的巴洛克时期占有重要地位。16世纪瓷砖画艺术进入西班牙、葡萄牙时，因工艺复杂，价格昂贵，只装饰在教堂、修道院、王宫和贵族宅邸的建筑物上，成为身份、权利和财富的象征。后来这种装饰艺术日渐普及，开始出现在各类建筑上，如今在这两个国家很多普通居所中都能看到。西班牙广场上的58幅彩瓷画正代表了西班牙58个省发生过的重要历史故事。我们从A走到Z，从Almeria（阿尔梅里亚）走到Zaragoza（萨拉戈萨）。每个省都有自己的故事：伊萨贝拉在格拉纳达（Granada）接受摩尔人的投降；哥伦布从韦尔瓦（Huelva）出发到南美；堂·吉诃德战风车……

用经过切割的烧制红砖配以无数片彩绘瓷砖和玻璃装饰而成的建筑，在傍晚霞光的沐浴下，使得西班牙广场显得格外火红绚丽。

歌剧之城：城市即剧院

西班牙人常把塞维利亚誉为快乐、美丽、宏伟和无与伦比的城市。要了解塞维利亚的歌剧神话，需要追溯到16和17世纪，那时的塞维利亚已经世界闻名，被全球的艺术家和作家给予肯定。在西班牙黄金一代作家们的笔下，塞维利亚的街道、广场和楼宇散发着自然的魅力，整座城市充满异域风情，不断激发着天才们的创作灵感。或许世界上没有哪一个城市能像塞维利亚那样，成为这么多歌剧的故事背景：英国诗人拜伦及奥地利作曲家莫扎特的歌剧《唐璜》中的人物唐璜，这位花花公子的原型马纳拉就生活在塞维利亚；法国作曲家比才（Georges Bizet，1838—1875）描写西班牙吉卜赛人卡门的爱情故事的歌剧《卡门》中，烟厂（今塞维利亚大学）西尔皮斯街、皇家骑士俱乐部斗牛场，这些当地人熟知的场景让故事显得更加真实。还有贝多芬的《费德里奥》，威尔第①的《命运的力量》等歌剧都选择了塞维利亚为发生地。这并非偶然，因为整个塞维利亚就可以被视为一个巨大的歌剧院布景。泰奥菲勒·戈蒂耶就认为："塞维利亚有着生活全部的独立性与不安性；嘈杂的歌声整日飘荡在城市之中，而且即便在午休的时候也不会变小。"而且这种情况在当前比之以前尤甚。作为一个有着100多个剧院的城市，其中一些世界著名剧院将塞维利亚之名远播四海。多亏了歌剧创作者，比如莫扎特、贝多芬和比才，他们赋予了塞维利亚"古老的欧洲城市，歌剧仓库"的美名。

塞维利亚从不缺故事，看看从这儿走出的男男女女，无不活得至情至性。花花公子唐璜，在莫扎特歌剧中唱出"没有见过这座城市的人真是可怜"；吉卜赛女郎卡门，在梅里美小说里大跳弗拉明戈舞，在这座城里，她因爱而生，因爱而亡；还不能忘记堂·吉诃德这个人物，据说西班牙大作家塞万提斯是在此城的监狱中完成了骑士忘我斗争的流浪记……每个都是不撞南墙不回头的狠角色，倔强执拗又激情万丈。

---

①威尔第（Giuseppe Verdi，1813—1901），意大利作曲家。威尔第被认为是19世纪最有影响力的歌剧创作者之一。

作家茨威格说过："塞维利亚这城市像人一样，有悲情也有欢笑。"塞维利亚的历史坎坎坷坷，多灾多难。这个伊比利亚人的小镇，公元前45年被罗马帝国占领，后来是西哥特人，公元8世纪摩尔人又将它据为己有；直到13世纪被西班牙收复，才逐渐繁荣起来。罗马文化、伊斯兰文明、清真寺、阿拉伯式建筑，与塞维利亚人完美地融合在一起，共同铸造了多种文明，使之成为各种文化的大熔炉。

美洲新大陆的发现，使西班牙获得了巨大财富，赢得了海洋霸权；塞维利亚曾设有"印度群岛交易之家"，它作为欧洲对美洲唯一的贸易港口，垄断了与美洲的贸易长达300年，从而成为西班牙最富有的城市。

17世纪后期，西班牙逐渐丧失海洋霸权地位，加上18世纪末塞维利亚因内河淤塞，船只不能直接驶入市区，使得这个内河港口日渐衰落。然而就在这不景气的时刻，涌现出一批文学艺术天才，塞维利亚成了最知名的文学艺术作品诞生地。

卡门在跳舞

来到塞维利亚之前，我曾经对这里有过无数的遐想。毕竟是一座有着两千多年历史的古城，这里一定有着许多故事——就像弗拉明戈跳了几百年，斗牛场上的对决上演了几百年，人人来到塞维利亚，是否都会像我一样，设想会在街头邂逅卡门——"红裙子，有很多破洞的白丝袜，摩洛哥红皮鞋，裸露着肩膀，衬衫上是金合欢，嘴里也衔着一枝金合欢，大红色滚边荷叶裙，黑色纸扇，在眼前不断旋转、旋转……"

19世纪20年代起，法国的画家、文人流行西班牙之旅。南部的时尚立刻风靡巴黎街头，并经久不衰。1830年，27岁的梅里美也背起

△ 酒吧里的弗拉明戈表演

南下的行囊,计划去游上几周。这一去就是六个月。与其大多数同胞不同的是,他避开大城市的上流交际圈,深入到西班牙最偏远的山村,结交平民、斗牛士、吉卜赛、娼妓……这生平第一次的"西游"让年轻的作家深深地迷恋上了吉卜赛民族。

　　卡门是梅里美笔下最有魅力的人物,也是艺术史上最耀眼的形象之一。尽管梅里美在他的小说开头写到"女人皆祸水,美妙仅两回,或是坠爱河,或是临终前";尽管小说里的卡门放荡、滥情,但这个形象,却意外地成为了人们歌颂的对象。究其原因,也许是因为,这样热情坦荡、敢作敢当的吉卜赛女郎,实在是太过耀眼,太过迷人了。这个法国作家笔下的西班牙女郎,集中了她的民族诗意:自由、感性和暴烈。就好像书中卡门自己所说:"但是卡门永远是自由的。"这只自由的小鸟,至今还在人们心头翩翩起舞。

　　1875年3月,法国作曲家比才将《卡门》搬上巴黎歌剧舞台。比才的《卡门》是一部四幕的法文歌剧，剧本改编自梅里美的同名小说。缘起于西班牙传统音乐及舞蹈的创作，让一切隐藏在梅里美原著小说文字底下的戏剧张力、情欲刻画及情绪的爆发从法国小说中走出来，重返西班牙的艳阳下。比才这部惊世杰作，有着伟大歌剧的所有元素：一听为之着迷的音乐、刺激而震撼的群众场面、爱恨缠绵的爱情故事，以及一发不可收拾的曲折情节。

　　歌剧《卡门》虽然完全由法国人创作，用法语演唱，但其中处处为我们真实地展现了西班牙的风土民情。这要得益于故事原作梅里美对西班牙的深刻观察，以及作曲家比才对西班牙音乐的潜心研究。正如尼采所说："一个如此充满激情又如此迷人的灵魂！我看值得为这个作品而到西班牙去作一次旅行，一部极具南方风情的作品。"

▽　弗拉明戈

塞维利亚的舞步永远奔放有力

　　1875年3月，四幕歌剧《卡门》在巴黎歌剧院问世。塞维利亚烟厂女工卡门，吉卜赛女郎，风情万种，敢爱敢恨；先是诱惑士兵荷西坠入情网，使得这个老实男人抛妻弃母，甚至为她丢掉工作铤而走险；随后，卡门又移情别恋斗牛士埃斯卡米里奥，沉沦在两个男人的爱情纠葛中无法自拔，最终死在荷西的剑下。

　　这是一出悲剧。美的毁灭，美过美本身。

　　就像荷西在未遇见卡门之前，绝不会想到会和这个烈女纠缠不清；我在未来到塞维利亚之前，也从不想到会在这个城市游荡数次，尚与她难分难解。

　　在塞维利亚当中士的荷西，爱的本是乡下姑娘密凯拉。如果他没遇到卡门，很快就会升为上士，再回乡结婚生子。

　　路过一个建筑，看见墙上有Carmen字样，让我浮想联翩。

　　塞维利亚的一砖一瓦都不是那么简单，这是个备受欧洲文学家青睐的城市。比才歌剧里的卡门就是19世纪塞维利亚卷烟厂里的女工，最后被情人刺死在塞维利亚斗牛场前的广场上。我大学时看过梅里美的原著小说，原来在这里，一切都有迹可循。

　　卡门，善变的卡门，狂野的卡门，放纵的卡门，不钟情的卡门，满口谎话的卡门，偷东西的卡门，穿着破旧的卡门，皮肤黝黑的卡门，做强盗的卡门，有些残忍的卡门，有些绝情的卡门，有些轻薄的卡门，有些暴躁的卡门，见谁都可以调情的卡门，倔强的卡门，让人恨不起来的卡门……我甚至能想象她的眼睛，想来该是如黑葡萄一样的深。我始终是不忍心将对错和是非施加在她身上的。她可能已经看穿了，人生不过是一场短暂的戏梦，她什么也不怕。

　　多年以前，也会有一位头发乌黑眼睛乌黑的姑娘，在这里的某个街角，热烈而又冷漠地等待她的爱人。这样的画面，一次一次袭上心头。

除了吉卜赛姑娘卡门，与这座城市密切相关的还有一个男人：拜伦笔下的西班牙贵族青年唐璜。他和卡门一样，都出没于塞维利亚，都是只活在感官世界里的人。

烟草工厂有迹可循

歌剧《卡门》的首幕，设在一座烟草工厂的外边，似乎能够闻到南方特有的干燥气息。广场上的孩子们嬉笑打闹，仿佛生活从来就该这般轻松欢快。年轻的小伙子们翘首等候吉卜赛姑娘们放工，但所有人目光的焦点似乎只有一个：那就是卡门。

卡门和一群女工趁着休息时间出来透气。水性杨花的卡门，谁也看不上，只看上连正眼也不望她一下的侍卫荷西。她将手中的玫瑰，一丢就丢在他脸上。荷西抬头，两人对视，卡门嫣然一笑，荷西灵魂出窍，他们从此展开一段爱恨交织的狂恋。

卡门工作的烟草工厂在今日仍有迹可寻。那里有一家18世纪的老制烟厂，长185米，宽147米，是西班牙第二大建筑，现在是塞维利亚大学。当年西班牙所消耗的雪茄有四分之三是由它生产的，1300名16到25岁的女工在这里工作，卡门也在其中。

戈蒂耶在1840年的游记中写道："这座巨大的建筑物的规模与它的用途十分相配，在那里，有大量用来将烟叶擦成烟丝、剁碎烟叶以及揉搓烟叶的机器，那些机器发出巨大的噪音，就像是200多头骡马推着磨臼时所发出的响声……我们被领到制作雪茄的作坊，大约有500到600名女工从事这一生产。我们踏进这座大厅的时候，旋即被风暴般的巨大声响震得头昏脑涨：所有的女工们都在闲聊、歌唱或是争吵。我从来都没有听到过这么嘈杂的声音。她们大多年轻漂亮，在

△ 塞维利亚的烟草工厂

工作时穿着很单薄的衣物,她们的魅力正在悄悄地影响着我们。有些活泼大方的女工就像轻骑兵军官一样,嘴角叼着一支点燃了的雪茄,其他人则像是水手,在咀嚼着烟叶——缪斯,帮我一下吧!"

这些卷烟女工可以趁着工作机会偷偷地将一些成品装进自己的口袋,因此,很多下级军官都很喜欢找她们做女朋友。

据说这座建筑物以堡垒形式设计,所以包含了牢房、护城河和吊桥。而由于当时的烟草工业有权有势,工厂更有侍卫守卫,防止走私和黑市交易。这家垄断市场的烟草公司,在塞维利亚曾雇用最大的劳工队伍,其中包括引发作家梅里美写出小说《卡门》的那位"著名"女工。

于1771年建成的大学建筑气派不凡,庄重典雅,谁也不可能猜出它的前身是工厂,更想不到它会是卡门勾引荷西的场景。

狂歌热舞激情澎湃

"卡门跳着/沿着塞维利亚的大街小巷/发已斑白/但眼睛发着光/孩子们/快拉开帷幕！"

——洛尔迦

《卡门》的第二幕戏，发生在一个让人们狂歌热舞的酒肆。到那儿去重会卡门的荷西，已是个因为故意让因殴打犯罪入狱的卡门逃脱而被剥去军衔的士兵。他到来欲与她欢好，没想到竟因形势所迫，不得不加入她所属的走私集团。荷西连士兵也不能够再做，一步一步地沉沦。

酒肆与餐馆，在塞维利亚多的是。我最喜欢那些户外的餐馆。试想，在秋日金色的阳光里，旧建筑围合的广场中，结满佳实的橘子树下，享用一盘最富有西班牙特色的海鲜饭（Paella），是件多么叫人欲罢不能的赏心悦事。

《卡门》的第三幕，用一片荒山野岭做背景。荷西和卡门，已经在一起数月。荷西成了邋邋遢遢的走私分子，与首幕那个整整齐齐的中士，判若两人。他和她之间的感情开始变质。嫉妒心重的他，期望她从一而终；放浪不羁的她，却依然故我。他的占有欲，使他渐渐失去理性。密凯拉跋山涉水去找他，却无法令他回心转意，只因母亲病危，他才肯回乡一趟。

我的安达卢西亚之旅，没到荒山野岭，但从塞维利亚出发，往格拉纳达和科尔多瓦的途中，却饱览秀丽的乡野景色。车窗外的风景总是飞快地流过，留在脑海里的印象却是怎么样也挥之不去：一片片的橄榄园、烟草园，一脉脉俊秀的山，一条条清澈的河，还有散落在山水之间，一个个聚集了清一色白墙黄瓦的小屋，令人神往的村庄。

△ 弗拉明戈之《卡门》

Sevilla

塞维利亚 — 自我放逐在神话色彩的殿堂

卡门是属于塞维利亚的，但又是无形的。一个隐隐约约的、热情奔放的调子，不断回荡在这座城市的背景旋律之下。

在塞维利亚的那个夜晚，舞台上，《卡门》正在上演。在弗拉明戈浓得化解不开的音乐与舞蹈中，我终于找到了卡门的身影。

也许整个塞维利亚便是个"卡门"，她丢给我的玫瑰，是那许许多多保存完好的老建筑、旧花园，那迷宫一样引人入胜的横街窄巷，那满城的橙黄橘绿，还有当地人看似十分浪漫的生活方式。

驶向灵魂的弗拉明戈

很久很久以前，弗拉明戈裹挟着吉卜赛人的风尘，几经跋涉，来到西班牙南部，定居在安达卢西亚的吉卜赛贫民窟（Gitanerias），同时带来了美妙而粗犷的音乐，一种饱含凄凉、热情、奔放等各种情感及节奏的乐曲，也混合了一些波西米亚、匈牙利的地方色彩。

到了16世纪，它又融合了安达卢西亚山区的阿拉伯与犹太人音乐。当时犹太人、穆斯林、吉卜赛人为了躲避信奉天主教的国王的迫害而逃进了山区，因此有人说"Flamenco"（弗拉明戈）一词源于西班牙阿拉伯语"FelagMenga"（逃亡的农民）。西班牙音乐家法雅（Manuel de Falla）则归纳了弗拉明戈的三大起源：拜占庭的教堂音乐、摩尔人的入侵和吉卜赛人的进入。

19世纪中叶，这项艺术开始流行于西班牙各地的"cafes cantantes"（一家连锁型咖啡馆）。之后弗拉明戈发展成一个复杂的概念，充满着变化，直至后来人们已经无法把其归成一个统一的概念。

不管如何，弗拉明戈音乐与吉卜赛人紧密相连。到现在，弗拉明戈艺术的中心仍是传统吉卜赛人居住的地方。弗拉明戈是对安达卢西亚文明最纯粹的表现方式，它是西班牙的一种综合性艺术，融舞蹈、歌唱、器乐于一体。

在塞维利亚，"tablaos flamencos"（弗拉明戈表演特色场所）继承了"cafes cantantes"的传统，游客们也因此可以每天欣赏到弗拉明戈，表演者们出现在各个街区和小镇节庆上。在这些节庆活动中，弗拉明戈双年展（Bienal del Arte Flamenco）是最负盛名的一个。塞维利亚是弗拉明戈的发祥地。这项有着25年之久传统的活动，每两年举行一次，是全球范围内此类节庆中规模最大的。在超过一个月的时间里，最棒的弗拉明戈舞表演者活跃在塞维利亚的大街小巷和舞台之上。

我们常常会把弗拉明戈定义为舞蹈，其实并非如此。弗拉明戈同时拥有吉他、歌唱、舞蹈等多种表现形式，且皆是弗拉明戈音乐中不可或缺的灵魂。最初的弗拉明戈只包括了清唱，这些吉卜赛吟唱者以近乎哀号、嘶哑的声音唱出深沉的悲歌，伴随着时而急速晃动、时而抖动的双手，随意捻指的手势，仿佛要一次唱出吉卜赛人千年来遭受外族歧视而刻骨铭心的痛。弗拉明戈在演变的过程中陆续加入了吉他伴奏、拍手、踢踏，配以舞蹈，但歌唱仍是弗拉明戈的核心。

在《给冬天的一支玫瑰》一书中，洛里·李记录下了他在安达卢西亚之行的所见所闻：

晚上剩下的时间是属于安达卢西亚所有民间艺术中最重要的，同时也是最神秘的一支——吉卜赛人所演唱的弗拉明戈的。演出的舞台没有任何布景装饰，而且参与演出的演员也只有三名。首先登场的是吉他手，他看上去相貌平平，穿着黑色的衣服，一只手拿着吉他，另一只手拖着一把椅子。他把椅子放在半明半暗之处，很随意地坐了上

▽ 弗拉明戈舞者

Andalucía

想见你，安达卢西亚

Sevilla

塞维利亚 — 自我放逐在神话色彩的殿堂

去，低下头看着吉他，白皙的手指按上了吉他弦。他先是弹奏了几个和弦，为的是活动活动手指，同时调动一下情绪。随后，音乐变得更加准确，更加自由，更加富有挑战性，也更加注重节奏。就在这个时候，灯光下显出了歌手的身影，他紧闭双眼，发出了几声低沉的嗓音，就像是在测试自己的声带肌肉似的。台下的观众一片寂静，因为他们将要听到的音乐是他们以前从未听过的，而且将来或许也没有机会能再次听到了。突然，歌手深吸一口气，将脑袋向后一甩，高亢嘹亮而又富于野性的声音顿时响彻舞台，恰似虚无缥缈的悲鸣，令人不禁想起沙滩、想起荒漠。这位歌者的面部肌肉开始踌躇扭曲，嘴巴也开始颤抖，此时，他才开始演唱歌曲的第一乐章，这是充满激情的歌唱，是野兽般的哀号，回荡在炽热的山岩间，迅速地消散在空中，而观众们则是永久不能平静。歌者像是独自在荒野中，将自己的话语融入歌曲，并在音乐无形的拍击之下尽情地宣泄。

这段描写很明白地告诉我们，在演唱弗拉明戈歌曲的时候，没有什么是美丽或是舒适的，它就是人们在巨大的痛苦的压迫下，对于毫无希望的日常生活即兴的控诉。由此，方能产生出可以感受到的魔力，这是一种精神，或者更准确地说就是"魔鬼"，没有它就没有真正的弗拉明戈；而且这种魔力的产生并不是可以提前预知的，这也是弗拉明戈无法提前预告的原因所在。

弗拉明戈舞是极富感染力的舞蹈，它是吉卜赛文化和西班牙文化的结合。吉卜赛人说过，时间是用来流浪的，身躯是用来相爱的，生命是用来遗忘的，而灵魂是用来歌唱的。

弗拉明戈的舞者几乎不笑。

他们总是眉头紧锁，仿佛肩负最沉重的担子，脚踩最灼热的火炉。即使是热闹的多人舞蹈，加上吉他手们的伴奏互动，歌咏唱和，他们都会给你一种神秘的疏离感。

他们沉浸在自己的世界里舞动，我们只看到眼前的他们起转踢踏、灵活自如，却窥视不到他们的内心。

对于很多人而言，这种激情澎湃且强有力的舞蹈风格像是在诉说西班牙的古老故事和散发的民族精神。

在所有舞蹈中，弗拉明戈舞中的女子是最富诱惑力的。她不似芭蕾舞女主角那样纯洁端庄，不似国标舞中的女伴那样热情高贵。她的出场，往往是一个人的，耸肩抬头，眼神落寞。在大多数双人舞中，她和男主角也是忽远忽近，若即若离。当她真的舞起来的时候，表情依然冷漠，甚至说得上痛苦，肢体动作却充满了热情，手中的响板追随着她的舞步铿锵点点，似乎在代她述说沧桑的内心往事。这会让人想起杜拉斯《情人》里那句耳熟能详的名句："我更爱你那饱受岁月摧残的容颜。"这难道不是一幅最性感的画面？

弗拉明戈不仅需要技巧的磨练，更需要岁月的积淀，阅历越丰富、岁数越大的舞者跳起来越有味道，舞蹈的内涵与精髓越能更好地展现。

费德里科·加西亚·洛尔迦曾写道：

很多年之前，在赫雷斯-德拉弗龙特拉的一次舞蹈比赛中，参赛者中既有极其美丽的女士们，也有髋部灵活的姑娘们，但最后获奖的却是一位80岁的老妪，她仅仅只是扬起手臂，头向后甩，踩了一下舞台的地面就赢了比赛。这是集缪斯与天使、女性之美与微笑之美于一体的魔鬼，她用那由生锈的钢刀所组成的翅膀划过大地。

当弗拉明戈走进剧院、登上舞台，这种最初源自民间的即兴舞蹈变成了《卡门》里令人惊叹的视觉体验。光影和响板的变化、舞者神

△ 弗拉明戈舞者

Sevilla

塞维利亚——自我放逐在神话色彩的殿堂

Andalucía

想见你，安达卢西亚

△ 弗拉明戈舞者

Sevilla

塞维利亚—自我放逐在神话色彩的殿堂

奇莫测的舞步、吉他歌者高亢悲伤的唱腔以及女舞者身上如花朵般盛放的大摆裙,像化不开的火焰,将舞台燃至沸腾。

塞维利亚的夜晚,舞台上,《卡门》正在上演。

从一种沉重开始,戛然于大汗淋漓的狂欢。

她的眉头紧锁,眼帘低垂,神情略显痛苦,伴随着身后老人沧桑悠远的吟唱,撩拨的吉他声,身躯在慢慢试探、扭动。但你分明能感受到那压抑下的充沛情感,从扭转的手腕、翻飞的手指舒展,应着周围舞者的拍手、捻指、脚下热烈的踢踏迸发开来。

一开场的弗拉明戈舞便给了我深深地震撼,凝视着台上的舞者,我眼前不由地会浮现起安达卢西亚干旱贫瘠的旷野上,在晃得睁不开眼的大太阳下,那一株株向上虬曲着伸展的仙人掌——带着刺的妖娆与倔强。

女舞者身着颜色艳丽的大摆长裙,紧紧包裹着丰满性感的身躯,带着桀骜不驯的表情,在吉他强烈明快的节奏中,摆臂、转腕、捻指,一转身,优雅地掀起裙摆的一角,那金黄的舞鞋便在眼前眼花缭乱地击踏、旋转,节奏越来越快,肢体的力量越来越强,令人炫目的技巧在舞者的燃烧中沸腾,突然,戛然而止。

当我以为一曲告终准备鼓掌时,却是更快的加速旋转,仿佛失控的马达,然后在高潮迭起的一个不经意间,舞者一个嬉笑,就身子一松,挥手而去。这种"每以将歇,一波又起"的疾风骤雨,透出一种不竭的生命活力,也有种生活中意外不断袭来,自己仍能把握节奏翩翩起舞、守护自我尊严的傲气。此时那深拧的眉头,深沉悲怆中隐含的坚定,倒是有点让我明白为何过去是底层流民最先用它排遣日子的无奈琐碎。

那歌者嘶哑沧桑的歌喉,吉他神奇的旋律,舞者诱惑的身姿;那

△ 弗拉明戈

音乐的背后，是吉卜赛民族对生命沧桑的咏叹，或许这才是弗拉明戈所要诠释的意境。将极致的爱与恨、快乐与痛苦，完美地融合，酣畅淋漓地表现出来，那是一种自由，一种毫无顾忌的洒脱。

弗拉明戈就是"与灵魂对话"。

▽ 弗拉明戈

Sevilla

塞维利亚 自我放逐在神话色彩的殿堂

一座被金色阳光眷顾的"爱之城"

若干年以后如果你问起我对这座城市的印象,我会说:"那金色温暖的阳光,就像空气一样流淌在整个城市中,轻柔地包围着,眷顾着,呵护着。"清晨第一缕金色的丝线从地平线上挣扎落在希拉达塔上,你能听见信徒向阿拉献上的最虔诚祈祷。在过去很长一段时间里,它是世界上最高的塔楼。这座塔楼以其高耸、威严著称全世界。坐在白色的马车上,温暖的朝阳轻轻洒落在林荫道上,被落下的黄叶切出形状不一斑驳的阴影。马蹄和铃铛的声响,与诵经的朝拜之声混合着,千百年来都在传颂着属于这个城市的韵味。皇宫外的橘子树骄傲地生长着,这里的一切仿佛都在诉说着这座城市的情愫——自由、信仰与爱。

塞维利亚四月节

塞维利亚有句谚语说:"每个人都会告诉你他心中的四月节。"这大概算是莎士比亚名言"一千个人的眼里有一千个哈姆雷特"的西班牙版本。无数人描绘过他所经历的四月节,个中酸甜苦辣,不一而足,但几乎每个故事都是从橘子花香中的安达卢西亚骏马与弗拉明戈女郎开始,在手捧酒杯酩酊大梦里结束——一种纯粹的西班牙式生活戏剧……

四月节的历史,可以追溯到1847年。最初起源于一个交易买卖家禽的集市,后来扩大成为举行各种娱乐庆祝活动的狂欢,斗牛季节也从此开始。

直到今天,四月节里马车仍然是重要的角色。根据民间传统,每年复活节过后两个星期,"塞维利亚四月节"便会拉开帷幕。Real de la Feria,是四月节的中心,长达1公里。每年集市开始前,人们就在这里建一座大拱门,拱门内就是四月节举行的地方。蓝色的大拱门被灯光照亮之时,也是当地人盛装从城市各个角落拥来的时间,这里就

▽ 塞维利亚四月节

像是一个大型嘉年华的入口，每个人都带着欢乐的请柬。

最具看点的莫过于西班牙女郎的特色长裙。四月节期间，所有女士身着起源于19世纪的塞维利亚特色长裙，长裙通常缀有一至两层的褶边，并镶有蕾丝，由色彩艳丽的布料贴身裁剪，同时搭配披肩，一朵大花或小梳子则作为头部装饰。如今，一部分传统长裙会根据每年的时尚流行而做出改变。相比之下，男人们则较为简单，骑着高头大马，头戴圆毡帽，身穿紧身短外套和马裤，脚上是锃亮的马靴。

每逢节日，最离不开的就是好吃的食物。在四月节，你可以品尝到具有特色的炸小鱼、当作零食的火腿，还有海鲜饭。因为好吃的东西太多，在四月节期间还有这样一个说法：所有的小吃"no se come, se pica"，也就是说不要只盯着一样全吃光，要每个都吃一点，一直吃到最后。

▽ 塞维利亚四月节

Sevilla

塞维利亚——自我放逐在神话色彩的殿堂

73

科尔多瓦：
繁华落尽的盛世之梦

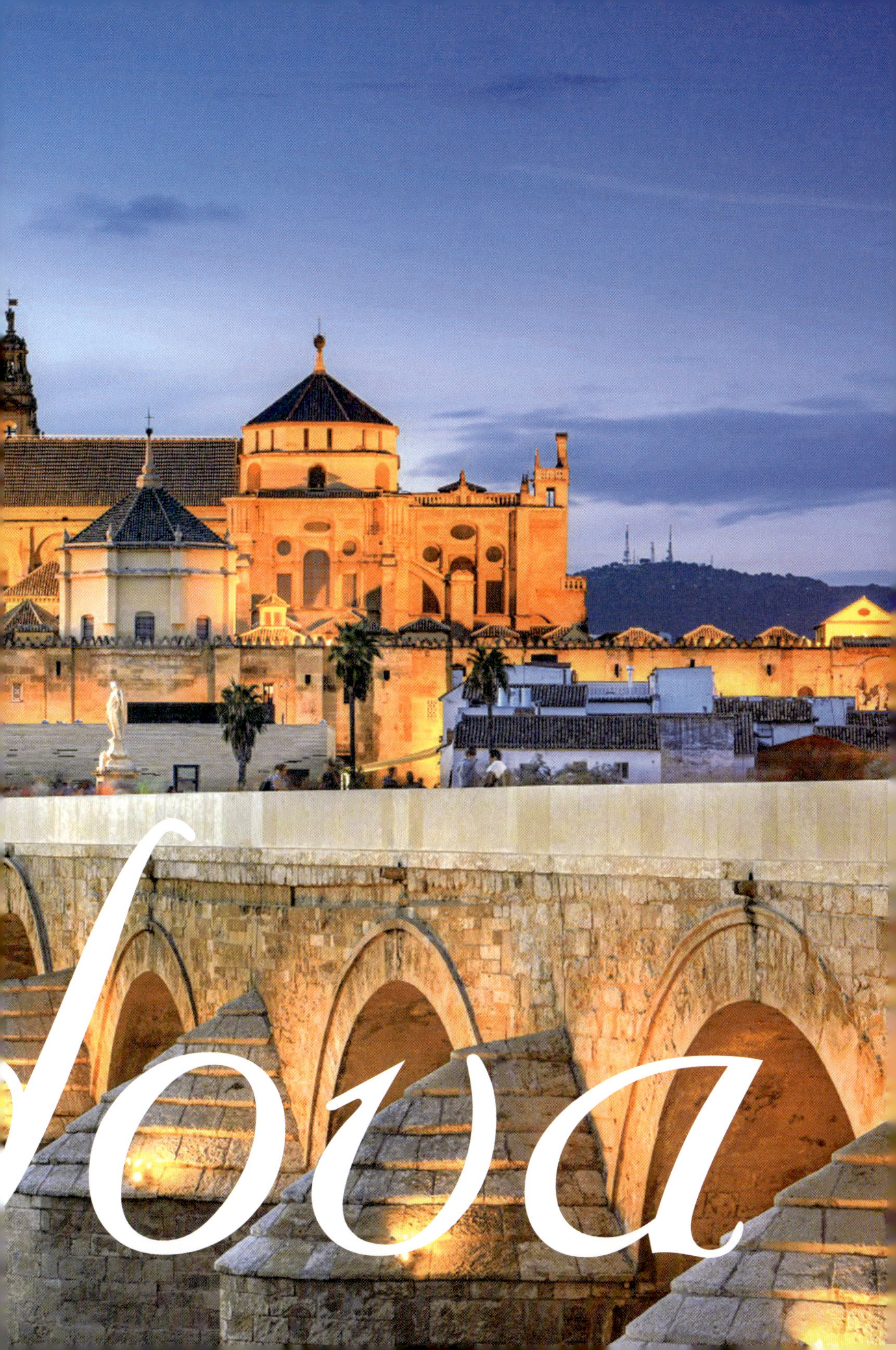
dova

岁月流逝，但还没有将这里夷为平地，这座城市是由时间以及梦想的材料建造而成。

——穆尼奥斯·莫利纳

一切旅途，都是从想象开始的。

灰绿色的橄榄园，在明亮阳光的照耀下几乎变成深黑。从马德里到科尔多瓦的路上，当我从车窗中眺望外面景色的时候，我竟恍然觉得，这些景色的存在，是为了印证多年前读过的诗歌：

风　景

橄榄树的原野
张开又合起，
好像一把扇子。
在橄榄树林上
一片深陷的天空，
和冷冷的星辰雨。
水烛草和黄昏
在河岸战栗。
灰色的空气在波动，
橄榄树充满了
小小的喊叫声。
一群笼中鸟
在暗影里
摇晃它们长长的、
长长的尾翼。

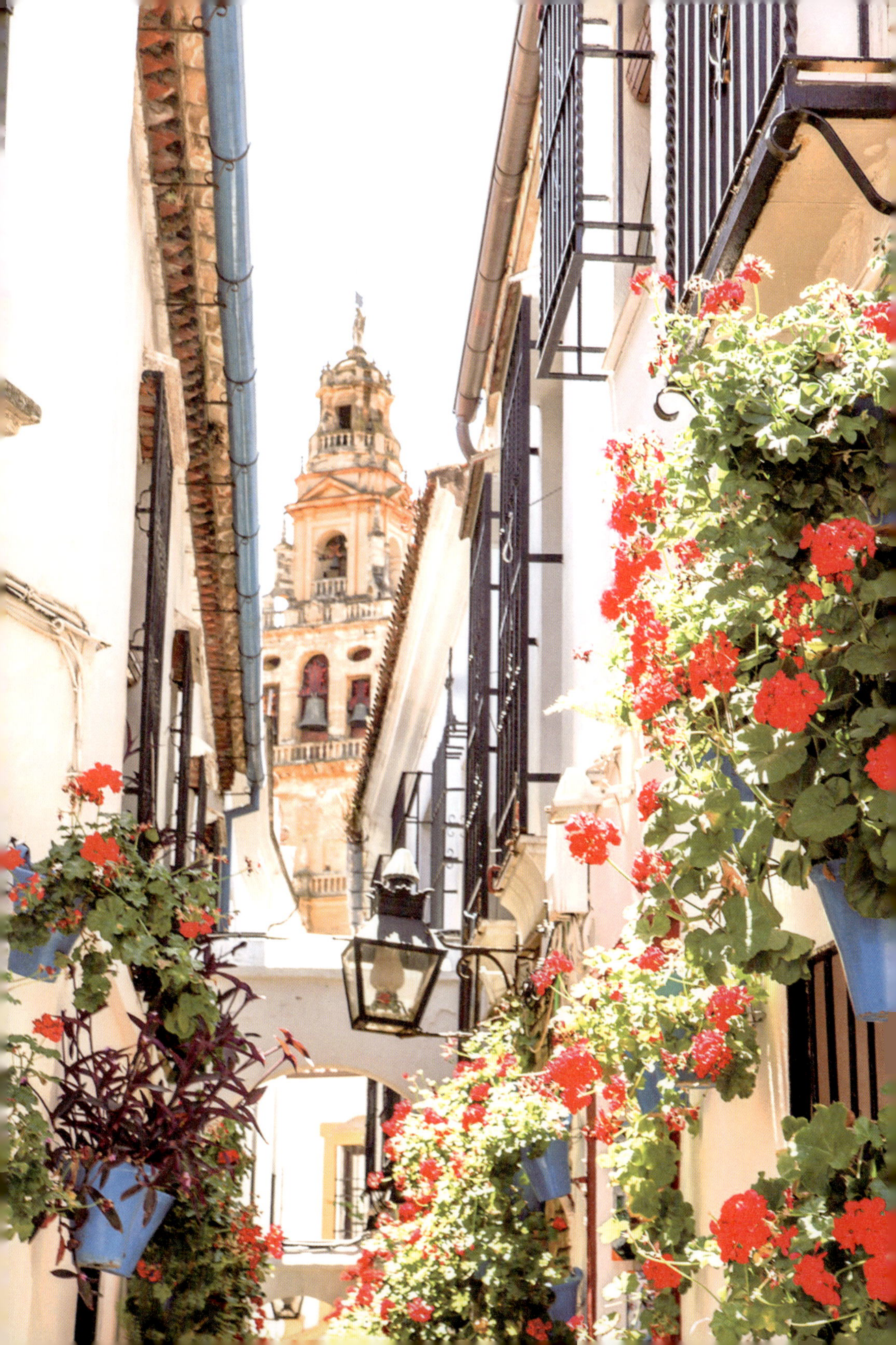

从马德里到塞维利亚，贯穿整个西班牙南部的高速铁路经过这里，火车站处于城市的北沿，出门就看见长长的似乎没有尽头的广场。广场上种植着柑橘树，布置着绿草、长椅和简单的游乐设施，现代感十足。而走在科尔多瓦老城的大街上，旧时代的风貌迎面而来。从老城西门进去，便是犹太区，这里是以前科尔多瓦最繁华的商业区。和多数安达卢西亚城市相似，紧紧相邻的小屋刷着粉白的墙，狭窄而曲折的石子小巷让人迷失其中。我们走进这些小巷里，随便找了一个庭院进去，试图感受一下黄金时代的余韵。

在西班牙文化中，存在着两种相反而又相成的因素：一方面是极端的感性美和官能的享受，另一方面则是宗教性的严厉。其实，还有第三种因素，它构成了西班牙文化传统中至为明朗优美的一部分，那就是从8世纪到15世纪，在安达卢西亚平原上创造了辉煌奇迹的阿拉伯文化。

在这座西班牙古城，穆斯林、犹太人和基督徒共同促进它的文化繁荣。后来，中世纪历史学家创造出"Convivencia"（共居的文化）一词，来形容这个相对和谐的时代。这座城市是"奇异的历史时刻，当时欧洲最有活力的知识和文化力量根植于伊斯兰，而伊斯兰的中心也根植于欧洲"。

在科尔多瓦的街道两旁，到处都可以见到熟透的橘子——阿拉伯人引进安达卢西亚的水果。橘子树郁郁累累地挂满了沉甸甸的果实，在浓密苍翠的树叶的掩映下，好像无数个金黄色的小月亮。

如果要找到一个具体的姿态来形容科尔多瓦，那就是"拱"：无论是清真寺、教堂，还是科尔多瓦的桥，到处都有"拱"的存在。历史和文化艺术就像小河一样，缓缓流淌至今，上面永远漂流着一只叫作"文化"的小船，里面装载着喷泉、花园和摩尔浴场等文化产品，以供现代游客随时提取文化精粹。

△ 科尔多瓦的古罗马桥

　　走进科尔多瓦，就像在浏览一部刻在石头上的史书。科尔多瓦的美是深沉的，那些堪称世界建筑史上经典的宫殿、教堂、修道院、园林，甚至保存完整的历史城区，无不诉说着这里曾经的显赫与高贵。

　　公元前8000—前3000年，北非的伊比利亚人跨过直布罗陀海峡，率先来到西班牙，之后是凯尔特人、腓尼基人、希腊人、迦太基人和罗马人，你方唱罢我登场。

　　腓尼基人和迦太基人建造了科尔多瓦，初名 Bar-the-Baal，即"巴力神的城堡"之意，巴力在近东古代民族中地位显赫，被称作"众神之王"。有人甚至认为，该城或即《圣经》提及的他施城。

　　公元前2世纪，古罗马人在科尔多瓦留下光芒。在罗马共和制时期（公元前179—前27年），科尔多瓦是"远西班牙"（Hispania Ulteri-

or）①的首都。在罗马帝国时期（公元前27—409年），半岛分为三个行省，科尔多瓦是南部行省贝提卡（Bética）②的首都。许多罗马贵族聚居于此，今地名可能由当时的科杜巴（Corduba）衍变而来。

公元409年，罗马人在西班牙建立的帝国被日耳曼部落灭亡。

公元711年，来自北非的阿拉伯人（摩尔人）逐鹿半岛，在短短的七年时间内，就占领了几乎半岛的全境。摩尔人占领了这片土地，开始了长达800年的统治。他们唤醒了科尔多瓦，公元8—10世纪，科尔多瓦进入了它的鼎盛时期。

一千年前，这里有超过100万的居民，是占据着大半个伊比利亚半岛的科尔多瓦哈里发国的首都，和君士坦丁堡（今伊斯坦布尔）、巴格达并列世界上最繁华的都市和文化中心，并且是欧洲最大的城市。一千年前，对于英语民族来说，那是挪威语还有可能成为英伦三岛的通用语言，征服者诺曼底的威廉和他的对手哈罗德还没有诞生的时代。对于生活在比利牛斯山北麓的纳瓦拉、普罗旺斯居民来说，那时巴黎还只是塞纳河中一个和自己的生活似乎毫无关系的小岛。至于莱茵河和易北河畔的德意志人民，15世纪德国最大的城市科隆仅有两万人口。

是的，在那个遥远的欧洲，眼前这座曾经居住着阿拉伯人和犹太人，被来自遥远的大马士革的倭马亚王朝③仅存后裔所统治的小城市

---

①公元前264年，在罗马共和国与迦太基之间发生的第一次布匿战争是罗马国家政策转变的分水岭。在此之前，罗马人主要致力于意大利半岛的统一。布匿战争的结果是，罗马夺得了对西西里的统治权。除了叙拉古、摩西拿等几个大城市保持独立外，其余地方成了罗马人的属地，由罗马派遣行政长官治理。此后，罗马就开始对外扩张了。公元前197年，罗马共和国把伊比利亚半岛分为"远西班牙"和"近西班牙"两个行省。

②罗马帝国时期伊比利亚半岛上有三个行省：塔拉哥纳省（省府塔拉戈纳）、路西塔尼亚（今日的葡萄牙，省府梅里达）和贝提卡省（今日的安达卢西亚，省府科尔多瓦）。

③倭马亚王朝（Umayyad）：阿拉伯伊斯兰帝国的第一个世袭制王朝。统治时间自公元661年始，至公元750年终。该王朝是穆斯林历史上最强盛的王朝之一。

正是最夺目的明珠。而现在，这颗明珠早已褪色，而原先的主人也无影无踪。

大食帝国与忧郁的哲学家

走近老城，带状的水池与城墙静静对视，三两个孩子在树下踢着球，安静的街道、斑驳的砖墙很难让人联想到，在公元10世纪末，这里是欧洲最先进的城市：拥有26万幢各种风格的建筑，其中包括8万个商店、3000座清真寺以及宫殿、浴池、医院、学校、天文台。瓜达尔基维尔河上千帆如云霓，伊斯兰学者与艺术家涌入这里的大学，这里有世界上最全面的图书馆，藏书50万册。该城以商业、建筑、文学艺术和学术研究闻名，曾为伊斯兰学术文化向西方传播的中心之一。欧洲失落的希腊罗马经典从这里翻越比利牛斯山，使中世纪的欧洲"重新发现"自己。这是伊比利半岛穆斯林王朝的黄金时代，这是科尔多瓦的黄金时代。

穆斯林的继承，什叶派与逊尼派

伊斯兰先知穆罕默德在632年过世，于是发生了穆斯林继承的问题，结果分成两派。其中一派名叫什叶派，以穆罕默德的女儿法蒂玛为继承人，信仰人口以伊朗、伊拉克地区为主，占穆斯林人口的十分之一，中国历史上称它为"绿衣大食"。大食即为Taziks，它的名字来自古波斯地区的族群，是阿拉伯的先祖，唐朝把大食当作穆斯林阿拉伯的泛称。另外一派，以穆罕默德的岳父为继承人，成为逊尼派，这派一开始的继承人,是通过选举而选出的,它的信众较多,占穆斯林总人口的十分之九。穆斯林总人口约占世界总人口的四分之一。逊尼派一开始通过选举选出,称为哈里发(意为"真主使者的继承人")。穆罕默德的岳父过世后,有过四位哈里发共治的时代。后来哈里发却产生了世袭的王朝,第一个王朝叫倭马亚王朝,建都在大马士革。750年倭马亚王朝被定都巴格达的阿拔斯王朝(Abbasid)消灭,取而代之。中国历史上称阿拔斯王朝的穆斯林为"黑衣大食"。

逃亡者的传奇

公元8世纪中期,倭马亚王朝被阿拔斯王朝推翻后,倭马亚家族被新统治者大肆捕杀,一名侥幸逃生的拉赫曼亲王九死一生流浪到远离新统治中心巴格达的伊比利亚半岛的安达卢斯。他在当地北非和叙利亚部族中间征集支持者赶走了效忠阿拔斯王朝的省长,建立了独立的科尔多瓦哈里发国(756—1031),即后倭马亚王朝——中国历史上称他们为"白衣大食",上演了一出中世纪阿拉伯世界的落难王子复国戏。这位倭玛亚王朝的唯一生存者就是阿卜杜勒·拉赫曼一世,而关于阿卜杜勒·拉赫曼一世的传奇经历,恐怕只有阿拉丁的神话才能媲美。

白衣大食的嫁衣裳

科尔多瓦在阿卜杜勒·拉赫曼一世的第七代孙阿卜杜勒·拉赫曼三世(912—961)时达到鼎盛。阿卜杜勒·拉赫曼三世作为一代中兴之主,平定了各地由哥特族穆斯林发起的叛乱,在南方控制了非洲海岸,在北方惩罚了哥特人的残余王国纳瓦拉和莱昂。

929年，到阿拔斯王朝衰落的时候，阿卜杜勒·拉赫曼三世终于迈出了重要一步，宣布自己是哈里发——天下信士们的长官、先知穆罕默德的继承者——以此声称对世界穆斯林的统治权。西班牙的历史进入了一个辉煌时代。

公元10世纪的科尔多瓦，丰裕，富饶，声名远扬。文学，艺术，哲学，天文，数学，医药，都非常发达。

在西方世界陷入黑暗蒙昧的中世纪时，科尔多瓦的埃米尔①们注意发展经济，奖励科技和文学，杰出的阿拉伯艺术家和科学家为基督教世界保留了许多日后的文明火种。科尔多瓦也日趋繁荣，这座主要居住着穆斯林、犹太人和基督徒的城市成为了欧洲最大的都市。统治着强盛国度的埃米尔的目光在北方的基督徒的阿斯图里拉山区、南方的摩洛哥逡巡，但是始终没有忘记东方的巴格达对手。

历史的邂逅，不曾激起的火花

城墙边偶见矗立的罗马政治家、哲学家、悲剧作家和雄辩家塞内加（Seneca）的铜像，才令我猛然记起，科尔多瓦其实还曾是若干位文化名人的出生地，一个人才辈出、不容小觑的人文荟萃之地。这位才高气盛的塞内加就降生于此，终为罗马中枢权倾一时的重臣，暴君尼禄之师，以撰有多部名篇、名剧而享誉天下，但最后仍不免以"宫廷阴谋"罪名被迫自尽，走完了他的悲剧人生。

城墙边另一尊坐像是生于中世纪西班牙的阿拉伯哲学家阿威罗伊（Averroës，1126—1198）。作为那时最重要的一位伊斯兰思想家，他出生在科尔多瓦一个法官家庭。阿威罗伊最杰出的学术贡献，就在于

---

①埃米尔：又译"艾米尔"，旧译"异密"，是伊斯兰国家对王公贵族、酋长或地方长官的称谓。阿拉伯语原意为"统帅"、"长官"。

将伊斯兰教的传统学说同古希腊哲学，特别是亚里士多德的哲学融会贯通，形成了自身的思想体系，他的著述对后来的犹太教、基督教都具有重大影响。

科尔多瓦诞生的另一位学术大家，是12、13世纪之交的犹太法学家、哲学家和科学家迈蒙尼德（Maimonnides，1138—1204）。他用阿拉伯文写过犹太教经籍

△ 塞内加铜像

《密西拿》的评注，编纂过犹太教法典和律法辅导，在调和科学、哲学和宗教方面有过重要成就。以文化分量而论，这座曾为人类作有如此不凡贡献的科尔多瓦城，自然是不可等闲视之的。

穆斯林的哈里发不只是政治的领导者，也是宗教的领导者，他们对哲学、神学都有一定的造诣。阿尔摩哈德王朝[①]宗教思想，根源于穆斯林的神秘主义，他们对社会的思想走向也都相当地关心。

1153年，阿布·雅库布·优素福（Abu Yaqub Yusuf，1163—1184年在位）召见了阿拉伯柏柏尔的哲学家阿威罗伊。穆罕默德·伊本·艾哈迈德·伊本·路世德（Muhammad ibn Ahmed ibn Rushd）以拉丁

[①]又称穆瓦希德王朝。12—13世纪摩洛哥和西班牙柏柏尔人建立的穆斯林王朝。伊斯兰教神学家伊本·图迈尔特提出要维护伊斯兰教的基本信条，其门徒称穆瓦希德，西班牙语转作阿尔摩哈德，意为"信仰独一神的人"。

名阿威罗伊闻名西方，是伊斯兰世界的博学之士。当时阿布·雅库布·优素福只是公爵，不是哈里发。他们一起探讨了伊斯兰的哲学，阿威罗伊是亚里士多德学者，强调逻辑的重要性，通过亚里士多德的哲学来了解神。

后来阿威罗伊的想法并未受到神秘主义阿布·雅库布·优素福的欣赏。在阿尔摩哈德王朝时期，阿威罗伊的想法是不被容忍的。另外一位出生在科尔多瓦的犹太学者迈蒙尼德，也因思想的不同见解，而离开阿布·雅库布·优素福统治的科尔多瓦。思想各有立足点与推论，容忍与相互尊重比思想本身更为重要。这些宗教思想邂逅的历史，现在都存于科尔多瓦的瓜达尔基维尔河岸，罗马老桥的卡拉欧拉塔（Torre de la Calahorra）的博物馆内。

唏嘘沧海桑田，摩尔人的故乡

这个帝国的辉煌时代进入11世纪后开始逐渐衰退，由柏柏尔人（Berbers，非洲西北部说闪含语的民族）、斯拉夫人、西班牙人组成的近卫军掌握大权，废立不断。阿卜杜勒·拉赫曼三世的后代如走马灯般上台和下台。直到1031年，科尔多瓦人厌倦了软弱无力的哈里发们，决定彻底废除哈里发帝国。

公元11世纪初期，伊比利亚半岛的哈里发王朝分裂了，20多个埃米尔小国出现在今天的西班牙和葡萄牙。1013年科尔多瓦被北非人所攻占并焚毁。北方蛰伏已久的基督徒们开始了反攻，从西方的卡斯蒂利亚-莱昂王国和东方的阿拉贡王国向南推进，进行所谓的"再征服"战争（Reconquest，711—1492），逐渐收复土地。虽然其间尚有反复，北非的新的穆斯林国家也曾经赶来援助，基督徒的胜利趋势却已不可逆转。1236年科尔多瓦被卡斯蒂利亚王国占领并重建。穆斯林在伊比利亚半岛的统治在多山而险峻的格拉纳达一直持续到了1492年——哥伦布发现美洲的同一年——最终却难逃被征服的命运。统一的西班牙王国在16世纪开始强迫境内的犹太人和阿拉伯人改宗天主教，已经在这块土地上生活了数百年的穆斯林和犹太人被迫离开。据历史学家研究，这一举措使西班牙丧失了几十万人口，包括许多有才能和技术的工匠、商人和学者，对西班牙后来的衰落有着长期影响。

摩尔人的祖先曾经甚是风光，今日摩尔人在这里却是萧条，沧海桑田，令人唏嘘不已。

包着教堂外衣的大清真寺：800年冲突的印记

科尔多瓦，这座古色古香的中等城市，城市的骄傲主要归功于具有1200年历史的大清真寺，它已被联合国教科文组织列为世界文化遗产。科尔多瓦城里的参观点路标很多，因为"大清真寺"是一号地点，所以到处都能看到"La Mezquita"（大清真寺）的指示字样，好像在这座城里真的有一座供众多穆斯林使用的大清真寺。其实这都是七八百年以前的事了。今天正式旅游图上标着的名称是"Mezquita-Catedral"（大清真寺—主教堂），同时它也正式作为这座城市的天主教主教堂在使用着。可是，无论是本城居民，还是外来游客，都固执地称它"La Mezquita"。大清真寺是一个占地两万多平方米的长方形硕大院落，院落有高高的围墙，周围是迷宫一般的老城区，无数条小街曲巷的出口都通向这个中心。

如果让我选两个最喜欢的教堂，我会毫不犹豫地选伊斯坦布尔的圣索菲亚大教堂，另一个就是科尔多瓦的大清真寺（主教堂）。原因无他，这两座处于基督教和伊斯兰文化季风带前线的伟大建筑，体现了人类最难以相互包容的两大宗教的融合。

圣索菲亚教堂自不用说，这座拜占庭帝国最重要的教堂，15世纪穆斯林的苏丹将其改为清真寺，并于四周立起了高耸入云的宣礼塔，教堂里虽做了改装，却也将原先的马赛克壁砖、壁画等以灰泥涂上，换上伊斯兰的符号，直到20世纪这些拜占庭艺术才重见天日，我们也才能在教堂大殿中看到圣母子画像与古兰经书法共处一室。

科尔多瓦大清真寺（主教堂）则更是让人惊艳。这栋位于哥特人教堂遗址上的清真寺的非凡身世，从名字上就能先窥其一二。785年，大清真寺开始动工。拉赫曼一世花巨资从西哥特人手中买下圣文森特教堂，决定将这里建成可以和当时的宗教中心巴格达、耶路撒

△ 大清真寺

▽ 大清真寺内部

Andalucía

想见你，安达卢西亚

Cordoba

科尔多瓦　繁华落尽的盛世之梦

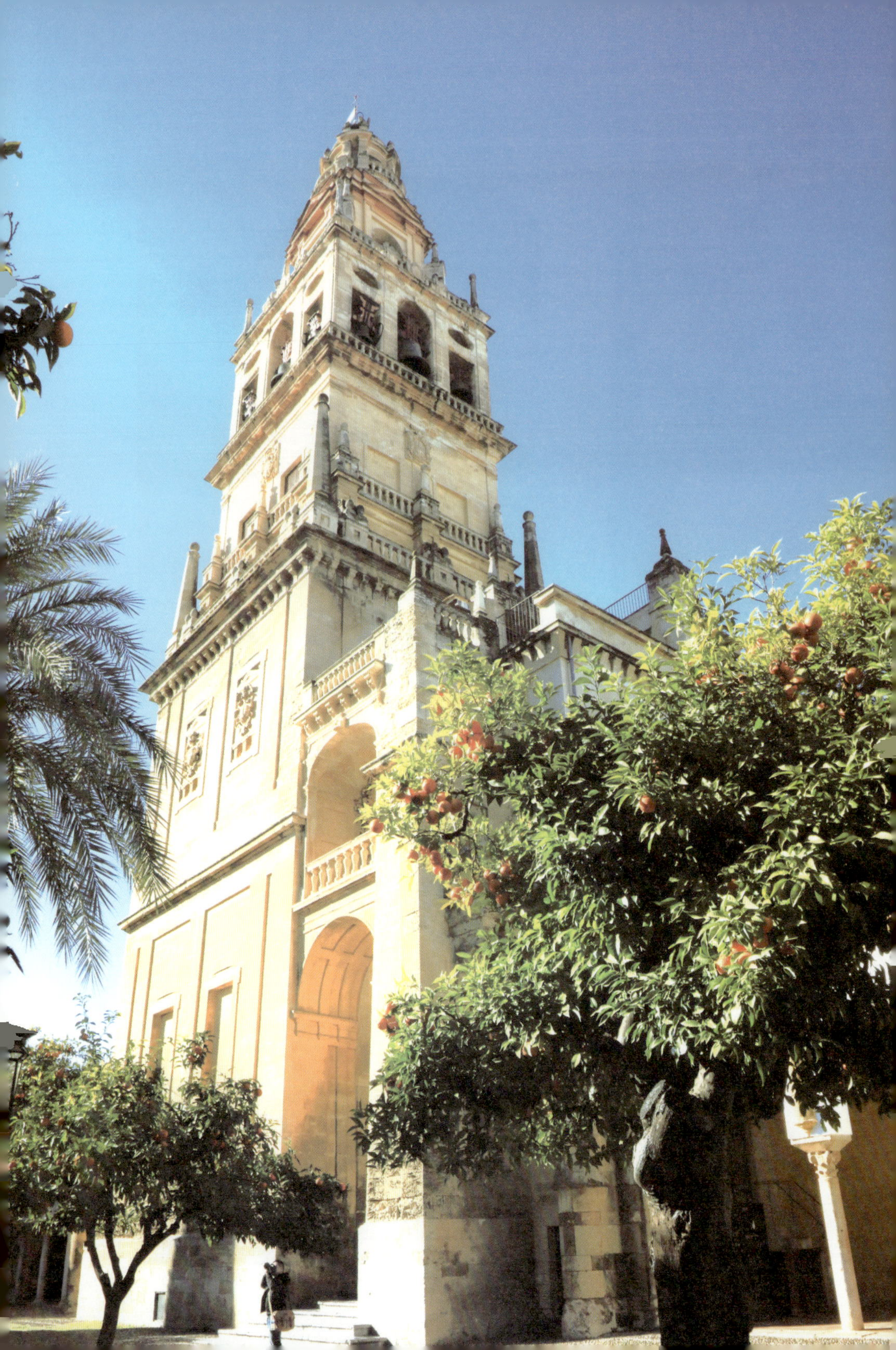

冷、大马士革媲美的另一中心。雄心勃勃的拉赫曼一世从新征服的领土上运来大量的大理石、金银和其他罗马遗迹中的建材，经过两百年的时间，大清真寺才算完工。此后，历任阿拉伯国王将其不断扩建，到拉赫曼三世时，大寺内已经可以容纳25000人同时祷告，成为当时穆斯林世界的第二大清真寺。

从院墙的外面就可以看到高耸的尖形方塔，当年为清真寺的宣礼塔。后来，它被改造成天主教的钟楼。今天，每当弥撒时分，塔里传出的钟声响彻全城，取代了往昔宣礼的邦克声。走进朝东的拱形大门，只见一个十分开阔的大院落，院落有一个美丽的名字——橘园，伊斯兰时期这里曾种了许多橘树。当年大仲马来到这里参观时曾说："在它的中央有一个永不干涸的泉眼，庭院四周围绕着结实累累的棕榈树、柏树、柑橘树和柠檬树。当穿过这充满阳光又郁郁葱葱的庭院，进入这座摩尔人所建的古建筑的柱林的时候，梦幻感油然而生。"院子中间有一个喷水池，是当年礼拜前洗净的地方。院子的三面都有穆德哈尔风格的回廊，那时，经学院的师生在这里研习《古兰经》，据说大师伊本·阿拉比也来过这里参与讨论。

繁华落尽的唯美与梦幻

一方美丽的水池和整齐种植的橘树装饰着宽敞的外院。踏足幽暗的内门，才能体会到这座教堂的不同凡响。走进大清真寺，更是被眼前所看到的建筑艺术震慑。大清真寺大厅由856根以水苍玉、缟玛瑙、大理石和花岗岩打造而成的柱林构成，很多建材都来自古老的罗马遗址。这些柱子均是科林斯（希腊一城市名）柱，柱子顶端呈棕榈

△ 大清真寺内部

叶形，同上方穹顶衔接，道理就如同中国的柱顶上云状的雕刻一样，都是为了使被支撑物在视觉上不至过于厚重沉闷。

抬头看穹顶，似乎真的有种轻盈感。看着四周墙上的众神和天使，穿过一道道云朵轮廓似的拱形门，真的好像走在云端一样。或许就是这样壮丽的廊柱之森，才让后来者不忍心破坏，而能够保留下来吧。

柱顶的拱廊是清一色的红白相间，像楔子一样的拱石，整体为马蹄形，有单层拱廊、有双层拱廊，在仿古吊灯的光线下地板也是光滑的暗红。黯淡之中只听见各种语言的讲解和交谈，脚步声和镁光灯的闪动不禁让人想入非非——十多个世纪前这座繁荣都市中成千上万的穆斯林们曾聚集在这里做功课，那些密密麻麻的身躯布满地面，一起在高声呼喊中起落运动，迄今还没有任何电影展现过这样的壮观场面。不过物是人非，强盛的哈里发国早已烟消云散，而今大清真寺只能供当代不同国家不同信仰的游客瞻仰。

大清真寺经过几次扩建，最主要的一次是在公元10世纪，那时礼拜场所扩大了一倍。大清真寺规模最大时拥有1418根柱子，22个门（关于这两个数字，不同资料的记载有所不同）。扩建的目的在于满足数量不断增加的穆斯林的需要。

　　众所周知，穆斯林聚礼时需要跪在铺了席或毡的地面上，并要整齐地站排，这样，在一个穆斯林众多的城市里，主麻礼拜寺——星期五穆斯林聚礼时使用的礼拜寺——就需要很大的礼拜大殿。大空间带来了大屋顶，屋顶只有低，支撑才能稳，而一个像现代停车库一样低矮、压抑的场所，怎么能是一个神圣的空间呢？这就是穆斯林建筑家们面对的挑战。大马士革的清真寺使用了在柱子上加拱的方法，这给了科尔多瓦大清真寺的建筑师最初的启发，但后者把这一构想发挥到

▽ 大清真寺内部

了极致。大清真寺利用了旧建筑物的大理石柱子，从柱顶不尽一致的雕饰就能知道它们属于不同的时代、不同的地域。这些石柱只有4米左右高，而要使礼拜大殿拥有足够的高度，还需要一个4米！人们使用了独特的双拱法：在每一根4米高的圆柱上都增加了一个长方形的石柱，方石柱的顶端被一个个半圆形的拱连接在一起。于是，大殿的屋顶一下就被抬高了许多。为了加固石柱的承重力，人们在圆柱的柱顶处又增加了一道马蹄形的拱，形成双柱双拱结构。于是，我们看见了一个建筑冒险的奇迹——巨大弯顶的压力最后竟落在一根根细长的石柱上！有人认为穆斯林建筑家借鉴了西班牙梅里达古罗马拱形渡槽的经验，但这里有一个本质的差异：罗马渡槽坚实的基底承受着较轻的槽体，而大清真寺大殿调了一个个儿，屋顶的全部重量压落在纤巧的柱和拱上。

如今，马蹄形拱已作为一个伊斯兰艺术特征永垂建筑史，并散布在西班牙乃至欧洲大地上。承重解决了，平衡实现了，与技术成功同在的还有视觉的美：从半圆拱到马蹄形拱再到修长的石柱，恰似从天而降的瀑布——磅礴的源头在降落中化为细长的雨丝；又似幻化的树林——灰白色的树干挑着红白相间的树冠；红的是砖，白的是石。

据说最后一次扩建时，为了迎接庞大的穆斯林队伍，工匠们来不及烧齐红砖，就在石头表面间隔地涂上红颜色顶替。同时，用马蹄形的拱来代替常用的系梁，一下子就把工程技术的解决变成了美学的应用，在科学和美学之上，更有某种神圣的含义。信仰者在如此开阔的空间里感受到了升华，当他们摊开双手接"都哇"（祈求）的时候，那至高无上的"唯一"从弯顶透过红白相间的朝霞，把仁慈的回应还给了信仰者。在西墙上，表示麦加朝向的壁龛被宝石、黄金镶嵌和阿拉伯艺术图案装饰得金碧辉煌，仿佛来自墙壁内部的光芒传递出《古兰经》的启示："真主是天地的光明。"只有从这样的高度，才能理解

△ 二合一的大清真寺—大教堂

Cordova

科尔多瓦 — 繁华落尽的盛世之梦

△ 大教堂的玻璃彩窗

建筑师们的天才创造。

行走其中，果真有大仲马所写的"梦幻感"，好像随时可能穿越进一千零一夜。戈蒂耶则说，"刚踏入这座令人崇敬的伊斯兰圣地时的感受是难以言喻的，室内普通的建筑风格给人的感觉也绝不平凡。走在这里的感觉并不像是在一座建筑物里，倒像是在一座封闭的森林之中。目之所及，所见的唯有一望无际、绵延不绝的柱林，就如同是自动从地下冒出来的植物似的。"

如果阿尔罕布拉宫用墙面、柱头细腻繁复的纹饰震撼你，那么大清真寺就是用整个结构的重复、柱式的排列营造出的庄严、和谐与秩序来使你对"真主"感到敬畏。

令人感到穿越时空的还不仅仅是这些柱林。这座已经是主教堂的大清真寺，竟也将伊斯兰宗教核心——"米哈拉布"（Mihrab）保留了下来。米哈拉布入口的黄金马赛克立方体，是当年拜占庭帝国皇帝赠送的礼物，给了大清真寺一抹拜占庭教堂的风格；而米哈拉布前的这片柱林则是大清真寺最古老的部分，从8世纪屹立至今，守护信仰千余年。

1236年，天主教君主卡斯蒂利亚的斐迪南三世率军攻破科尔多瓦，大清真寺成为天主教君王的财产，经历了一连串的改装；又过了两百年，犹如阿尔罕布拉宫一样，大清真寺被硬生生地插入了一栋与周围完全不搭调的教堂建筑——干这事的也是同一个天主教君王，查理五世。

查理五世将教堂盖在了清真寺正中央，虽然傲慢且粗暴，但也增添了清真寺的多变样貌——圣徒与先知并肩，十字架与米哈拉布对视，对立的事物在这里并存而立，反而成为一道举世无双的风景，甚至比起圣索菲亚教堂有过之而无不及。

所谓教堂，其实仅在这座宏伟的大清真寺中间占据这一小块面

△ 大清真寺内部

积，就好像国王在王宫或者大教堂内为自己专设的一个小祈祷室，不过这也足够科尔多瓦的大主教把这里装饰得精美夺目。意大利风格的硕大穹顶上，嵌满耀眼的马赛克。雕工精美的唱诗班坐椅，尽显华丽的西班牙巴洛克风格。

事实上，大清真寺现在更像一个包容各色的展览馆，里面有四个煞费苦心修建的精致的小教堂，其中一个是专门的皇家教堂，一个用

△ 二合一的大清真寺—大教堂

来陈列珍宝，一个是著名的收藏了《古兰经》供哈里发专用的房间，最后一个陈列着西哥特时代原址上圣文森特教堂的文物。

　　游客来来往往，穿梭在祭坛与米哈拉布之间，来往于教堂与清真寺的边界。世界虽然依旧为了真主还是耶稣争战不休，但是对天堂的渴想、对来世美好彼岸的想望却是一致。人们对于信仰总是聚焦于不宽容和战争，然而没有信仰的世界，心灵的荒芜却让更多魑魅魍魉得

▷ 大清真寺外部

▽ 二合一的大清真寺—大教堂

以进入，人成为世俗的信徒，从而出现的不宽容与战争从未因此减少。

曾经一度，每到星期五，千万个穆斯林教徒，在这座清真寺里祈祷；如今赤裸冷硬的大理石地面，曾经覆盖着无数鲜艳明丽的织毯；种满橘子树的庭院，曾经是教徒在祈祷之前清洗自己的地方，哈里发时代的伊斯兰贵族少年也曾在这里接受老师的教导。对美的朝圣历程再虔诚，也不过是"朝圣"而已。美被放在一个高高的基座上，成了土木的偶像——成了"艺术"。

1986年纪念大清真寺奠基1200周年之际，西班牙国王卡洛斯站在大殿的壁龛前，说了如下一段话："这座城市首先意味着两个世界的精神统一，它的大清真寺就是理解东方和西方的钥匙；如果人类以为可以丢弃各个民族用信仰和玄思培育出的人类感情和精神价值，那么人类将失去前途。"

今天，这个建在昔日清真寺内部的天主教主教堂被正式使用着。联合国教科文组织曾建议原封不动地搬迁天主教主教堂，但没有得到西班牙方面的同意。作为一个用天主教来统一文化的国度，如何正视自己的历史，如何对待不断出现的多元文化现象，西班牙仍面临着挑战和考验。

是的，这个时代正用相似的叙事手法演绎着许多十几个世纪之前已有的故事，只是可能换个舞台，换些人物，换点线索。

科尔多瓦的大清真寺恰是一种文化撞击后的融合的代表，代表着科尔多瓦，代表着西班牙所独有的需要去

读懂它的一种文化内涵。水池依旧，橘树仍继续生长，只是少了冥想之人。这座尖尖塔楼并存于橘园之旁，看似有一丝突兀，一丝不协调，读懂之人却能体会出另一种不易的包容情怀。

阿尔扎哈拉：鲜花的废墟

位于科尔多瓦西南约五公里，阿尔扎哈拉（Medina al-Zahra）的"花城"讲述着拉赫曼皇族的兴衰。

在西班牙，只要是以"阿尔"（al-）开头的名字，那就是一个来源于阿拉伯语的名称。这个名称是摩尔人统治过的象征。

发现阿尔扎哈拉古城遗址是在1911年，作为面积最大的伊斯兰考古遗址之一，之后大概有10%到15%的宫殿遗存被发掘出来。到现在，考古现场的发掘工作仍然在进行中。

936年，赫拉曼三世征战顺利，没有俘虏可赎。于是拉赫曼三世把原本打算用作赎回战俘的费用用来给爱妃扎哈拉修造宫殿。从那时起整整26年中，始终有1万名工人在不停地建造，4000座大理石柱和玛瑙柱从罗马、迦太基、拜占庭等地运来，15000座大门上被敷上了铜箔。哈里发的殿堂里有16道大门，拱形门框上都镶嵌着乌木、象牙和宝石等。

这座宫殿成为当时世界上最繁华的住所，有大约25000人生活在其中。其中13000名男仆，6000名女仆，3000名伺童和宦臣，另外还住满了皇亲国戚，因此它形成了一座独特的离宫城市。

这种伊斯兰世界的伟大国王送给所爱女性的纪念碑式建筑，已经成了一种迷人的模式。无独有偶，还有一个与阿尔扎哈拉宫互成一对的、美丽的伴儿，那是印度穆斯林时代的泰姬陵。或许她俩的命运正相反？至少知名的程度是相反的。若没有泰姬陵，恐怕世人不会留意曾有一个莫卧儿帝国和一个穆斯林时代。时代已无影无踪，而纪念碑矗立着，泰姬陵指示着脚下的时代。而阿尔扎哈拉宫呢，人们能从科尔多瓦的大清真寺，或从丰富的历史典籍中听说她，然后再寻觅到郊外，登临她荒凉的腰裾。时代尚存蛛丝马迹，而纪念碑却颓灭了。

君王赠予爱妃以一座建筑——它留了下来，成为时代的碑铭。只不过，莫卧儿的泰姬陵至今还矗立在原处被人赞叹不已；而阿尔扎哈拉宫却已经失踪了，只剩一片砾碎石。谁愿意听你说，扎哈拉废墟比它的姊妹、比泰姬陵更有意味？谁能相信你说的，当鲜花之城还没有变成废墟时，它象征的是人类文明的顶峰？如今的河左岸上野草丛生，荒原上只有西班牙考古学家的复原作品，嗅不到一丝古代的气息，更不用说泰姬陵孪生姐妹的气息了！

菲利浦·希提[①]写过这么一个轶事：

有一次，科尔多瓦下雪了，洁白的雪花扶摇飞舞，霎时间天地洁白。这个罕见的景象，使哈里发的爱妃伊尔贴马德惊喜不已。大概在她度过孩提的故乡干旱缺水，她从未见过下雪吧，伊尔贴马德沐着雪花，欣喜难表。雪融了，她对美景无常感到伤怀，于是便央求国王：若您有真主赋予的权力，就该使这景色年年重复。哈里发胸有成竹。对于水和植物，阿拉伯人有一种发芽于干旱沙漠的、喜爱得潜心入骨的兴趣。他显然对植物的花期、花的颜色势头都深知三味。他下令，在科尔多瓦郊外，沿着山坡河岸，种植大片的巴旦杏。

转瞬又是一年，随着季节的暗语，洁白的巴旦杏花，在阿尔扎哈

[①] 菲利浦·希提（Philip Khuri Hitti，1886—1978）：历史学家，出生于黎巴嫩，后移居美国，曾任美国普林斯顿大学闪米特语文学教授和东语系主任，著有《阿拉伯通史》等书。

拉宫四周的天空中，飘飘洒洒，轻扬低落，橄榄树沾满了白雪，瓜达尔基维尔河落满了白雪，青色和棕色大理石砌就的宫殿内外，从台阶到拱门，都涂上了梦幻一般的白雪。

世人可以品味得出：满山种树的故事，和酒池肉林故事的滋味不同。伊尔贴马德——就是那个身兼洗衣妇和女诗人的伊尔贴马德，她是敏捷地吟出了新句呢，还是勤劳地跑去照顾巴旦杏树？

没有记载，如今的宫殿残垣远近，也没有一株巴旦杏树。雪白的杏花，如花的白雪，宛如真的融化了一样，无影无踪，无声无息。

废墟寂静。

那是难以想象的古代。它的奢侈使人不敢相信，它的梦想也令人不敢想象。在奢侈与梦幻中——哪怕这奢侈中包含着对自然的亲近——毕竟人和精神都遭到了销蚀。当科尔多瓦如太阳般照耀欧洲的时候，它的缔造者们却失去了英雄气。在前定的衰老过程中，他们病弱不起，最后走出了历史。

古代被大火吞没了，无声地颓坍湮灭。烧焦它的业火并非来自敌人之手。照例的、和平的富裕之后接踵而来的分歧，蔓延成了内部的战乱。据一般的说法，点燃罪恶的，是一些穆斯林的手。他们莫名地、野蛮地掷出火把，于是珍宝就烧成了灰烬。有人指责北非的柏柏尔人，说他们是烧毁阿尔扎哈拉宫的罪人。

风尖锐地掠过狂野。

麦地那（Medina）这个词，不仅是"市镇"，它一定共生着迷宫般的平面布局，喧嚣活泼的生活方式。那些挤紧的断壁残垣，那些莫名的连块小屋，也许在它们的檐下，曾住过迦太基商人、犹太药学家、罗马瓷砖匠人。还应该有过黑白黄各种肤色、说着不下十种语言的女性。

可如今什么也看不见。在大使厅的大理石台阶下面,不知是被风还是被人打扫得干干净净,找不到哪怕一块生锈的铁片。

谁能相信,一切就曾经发生在这片废墟上?谁能相信浴室、书店曾在这里鳞次栉比,谁能相信歌女、哲学家曾在这里低吟浅唱?

安达卢斯不复存在。那些雄主美妃,那巴旦杏和女诗人的遗骨,此刻就埋在这里。

后人面对残垣断壁,唏嘘不已,感慨万千。文明的积累需要长久时日,毁灭却只需瞬间。这座设计和装潢都极尽豪华奢侈的都城,存在的时间却只有短短五十年,只比建造它的时间长了一倍,非常短暂,令人惊讶。1010年到1013年间,当这位伊斯兰哈里发的统治濒临崩溃时,阿尔扎哈拉宫遭到了柏柏尔士兵的大肆破坏,如今的宫殿只有四分之一向游人开放,而且现在连保存最完整的拉赫曼三世的起居室和会客室都关闭了。尽管可看的东西已经不多,但还是可以从留下的一堵残墙、几个拱券、一片浮雕、半个殿堂中,看到10世纪科尔多瓦的艺术成就,想象它当年的盛况。

林达的《西班牙旅行笔记》里写道:

在拉赫曼三世的会客室里,象征着生命之树的石板浮雕不断地重复出现。这是典型的伊斯兰浮雕艺术的精品。它构图丰满却不繁琐,细致却并不纤弱。它的曲线柔和,却是有力度的。它生机勃勃,坚定地向上生长,有枝有干,有花有叶,累累硕果。整整一座皇城,被毁得只剩一点墙基,可真是奇迹,有着生命之树的这个厅堂,却大部分还能修复。生命之树,在这样一座废墟上、在不同的碑刻上,一次又一次顽强地呈现。

如今步行其中，不难体会到什么是"吴宫花草埋幽径，晋代衣冠成古丘"。

穿行于废墟中的我，看到的是这样一个现实：生命是短暂的，文明是脆弱的，但废墟的存在，又让人们看到，任何一个文明，都有它生命力非常坚韧的那一部分存在。

希提的伟著《阿拉伯通史》这样总结：

穆斯林的西班牙，在中世纪欧洲的智力史上，写下了最光辉的一章。在8世纪中叶到13世纪初这一时期，说着阿拉伯语的人民，是全世界文化和文明火炬的主要举起者。古代科学和哲学的重新发现、修订增补、承前启后都归功于他们。有了他们的努力，西欧的文艺复兴才有可能……

无论对于穆斯林世界，抑或是对于欧洲而言，这个时代都不仅确实存在过，不仅异常重要，而且余香至今缭绕，引诱人们争说传奇。

阿尔扎哈拉博物馆：穿越时空的对话

与遗址的古老厚重不同，博物馆是一座充满设计感的现代化建筑，能让你体会到时空的交错。

阿尔扎哈拉博物馆位于考古遗址的东南面，既是用来展示遗址本身和考古发掘物品的展馆，也是考古队的总部及研究培训中心。

2010年11月在卡塔尔多哈伊斯兰艺术博物馆举行的"2010阿迦

△ 阿尔扎哈拉博物馆

汗建筑奖"①颁奖典礼上，西班牙科尔多瓦阿尔扎哈拉遗址博物馆获奖。在获奖项目的背后，是一段千年以前跌宕起伏的伊斯兰历史。正如颁奖词所说：

"阿尔扎哈拉博物馆极好地体现了博物馆学与考古学的连接。它和谐而低调地与周围的景观融为一体。它是为了该遗址中被发现的遗珍而存在的，它的设计方案也是按照这一理念被有机地联系到一起的。这种谦逊的作风只会让它所表达的理念更为有力，这个理念在我们这个时代是有着特别重要的意义的。阿尔扎哈拉博物馆是从土地中建造起来的，而且它现在仍与土地合为一体不相分离。这种精湛的建筑方式很好地表现了伊斯兰文化的精神。这种精神源于西班牙和欧

---

① 其余四项获奖建筑项目为：中国福建"下石村桥上书屋"、沙特阿拉伯利雅得"瓦迪·哈尼法湿地"、突尼斯突尼斯城"突尼斯城近代遗产振兴"以及土耳其埃迪尔内"Ipekyol纺织厂"。

洲，生于此地，并扎根于此。阿尔扎哈拉博物馆是快乐的象征，它的名字来自于安达卢西亚，而且它充分证实了科尔多瓦不仅仅是过去，还是未来。"

建筑师尼耶多·索伯加诺（Nieto Sobejano）以三个包围在农田中的低矮体块来组织平面，似乎博物馆本身也被埋在土里，等待着从地面被发现。博物馆的公共职能被安排在一个宽阔天井四周的回廊中，这是出现在科尔多瓦老城和考古现场的建筑形式。另外两个庭院界定研究中心和对外展览区域的范围，引导参观者穿过一系列场馆空间和天井。博物馆四周种着当地的橄榄树和橘子树，这应该也是千年前已

△ 阿尔扎哈拉博物馆内部

经存在的树种。

博物馆的材料选择和细节很简单：混凝土浇筑的墙壁，内墙包覆着当地的绿柄桑木，庭院内铺石灰石板。建筑师的意图是建一个粗糙的建筑，唤起残存的土墙和发掘现场临时搭建物的感觉，白色混凝土让人联想起千年前的白色石墙，一道深棕色的铜壁回应着科尔多瓦清真寺的巨大铜门。

与人类一样，建筑和城市都是有生命的，同样有生老病死，甚至是有感情的：在阴雨中哭泣，在阳光下欢笑。人们生活在城市和建筑中，不管它们何等破旧和简陋，都给人们带来一种亲密感。你越是阅读它，就越感受到这种亲密感。

博物馆所带来的亲密感，恰连接着科尔多瓦的过去和未来。

罗马神庙遗迹

曾经有整整八百年，科尔多瓦是罗马人的城市。他们没有消失，罗马遗迹犹存。在今天的科尔多瓦市中心，在高高的基座上，还耸立着一圈罗马神庙（Templo Romano）留下的石柱。科林斯柱头大多完整。站在那里，你会感觉，只要这一圈柱子还在，神庙就还在。那淡青色天幕之后，诸神就没有离开。这就是罗马柱式的魅力。

科尔多瓦罗马神庙位于克劳迪奥·马塞洛街（Claudio Marcelo），20世纪50年代在扩建市政厅时被发现。它不是该市唯一的神庙，但可能是最重要的一个，唯一经过考古发掘的一个。神庙长32米，宽16米，前面有6根科林斯柱子，而两侧各有10根。

它是在公元1世纪为纪念戴安娜女神而建立的。

△ 罗马神庙遗址

　　神庙从柱子、墙壁到屋顶，所使用的材料几乎完全是大理石，所以该地区被称为"los marmolejos"（大理石）。

　　目前，该建筑只剩下基础、楼梯、祭坛和一些柱子。

　　公元前1世纪，罗马的建筑师维特鲁威写了一本《建筑十书》献给当时的罗马皇帝奥古斯都，其第四书里记载了一个关于科林斯柱式起源的美丽传说：科林斯市的某位少女因病死亡，在埋葬后，她的乳母将此少女生前钟爱的物品置于一个篮子内，带到少女墓前，篮子上

覆盖了一块石板。后来这个篮子无意间被移至墓旁的莨苕草上，到了春天，随着莨苕草的生长，篮子与石板的重量把莨苕草压成涡卷状，这个由石板、篮子与涡卷状莨苕草所构成的美丽组合，就是科林斯柱式的原型。

维特鲁威笔下的科林斯柱，被比喻成少女，高挑纤细。柱头的变化丰富，多以莨苕做装饰，形似盛满花草的花篮，亦如打扮花俏的少女发式。

夜色温柔。罗马神庙正向人们诉说着2000多年前这座城市的辉煌。

风雨罗马桥

科尔多瓦历经了这么多风风雨雨，历史所留下的遗址不只是大清真寺，还有罗马帝国的辉煌。2000多年前的罗马桥（Puente Romano），如今依然在此，见证了无数纷争和王国交替。

当然，历经岁月，罗马桥也经过多次的重建与整修，现今的桥梁仅有部分是古罗马时期遗留下来的。

夕阳下古罗马桥是科尔多瓦最美丽的景色之一，站在桥的南端，对岸的大清真寺和古朴的大桥相映生辉。

罗马桥，横跨瓜达尔基维尔河面，在夕阳的映衬下熠熠生辉，据说此桥大概开建于凯撒战胜庞培之时。罗马时代留下了部分桥墩，中世纪摩尔人入侵后，又在此基础上复建桥

▽ 古罗马桥

Andalucía

想见你，安达卢西亚

Cordova

科尔多瓦 繁华落尽的盛世之梦

梁，形成今天的规模和形貌。该桥长230米，由16拱支撑。阿拉伯时期此桥得以加固，基督教时期该桥又再次被改造。考虑到上下游水流冲刷的不同影响，桥墩两侧的设计别具一格，上游为减轻来水压力，特意砌筑成易于分水的尖状船头型，另一侧则做成加固的谷仓式圆柱体，可见古人之匠心独运。

桥中央栏杆上矗立着一尊科尔多瓦城的守护神——圣拉斐尔的石质立像。在罗马桥的一端，有座法国艺术家维迪盖尔（Michel de Verdiguier）在1781年所建的圣拉斐尔凯旋柱。圣拉斐尔是科尔多瓦的守护天使，据说曾在1578年显灵。欧洲很多城市乃至国家，传统上都拥有自己的守护神，这些神多为基督教最初的传教圣徒或天使。

罗马桥的左岸，还可见到一座摩尔人所建、名为卡拉欧拉塔楼的石构要塞，其历数百年而依然坚固如初。塔楼位置显要，可供瞭望，戍守桥头。时至今日，卡拉欧拉塔楼已经改为市立历史博物馆。

瓜达尔基维尔河静静流淌，掠过科尔多瓦大地，靠近左岸附近沙洲上有一座六棱形白色磨坊（Mar-tos），很是触目。相传这里有过当年摩尔人用于浇灌花园的水车装置，日夜不停地吱吱嘎嘎响，伊莎贝拉女王巡视科尔多瓦时驻跸附近，曾被吵扰，无法安然入眠。

右岸桥头，可见一座石砌的桥门，其艺术魅力彰显，带有拉丁文碑匾、城徽、人物浮雕和多立克柱饰，与左岸的卡拉欧拉塔楼遥相对应，各具特色。如果说，塔楼耸峙的彼岸桥头把守着城市外围的话，那么，来到此岸入桥门，才算是正式进城了。放眼望去，古城的风貌、旧痕无处不在，仿佛穿越时光隧道，蓦然返归中世纪。

庭院深深花嫣然：科尔多瓦的花花世界

"小巷的街道都很相似，很窄，但在小巷两侧白色的墙壁上总是装点着当季的鲜花。这里的住户家家养花，家家爱花，在这样的环境下西班牙人的热情不断滋生。"

——毛姆

在毛姆心中，科尔多瓦最能体现安达卢西亚的与众不同之处。那

▽ 科尔多瓦的庭院

里的街道沿袭了摩尔人当年的传统,在大清真寺旁有条开满鲜花的百花巷(Calle de Los Flores)。小巷不论什么季节都散发着浓烈的花香。狭窄的小巷两侧,墙壁上挂满鲜花;尽头,是一个稍微宽敞的小广场,依旧处处鲜花。花丛中有敞开的大门,纪念品商店里的老人,悠然地哼着小调。每家的墙边、楼梯上、露台上还有水井旁都摆满各色的花盆,有的地方还会用吊钩将花盆挂起来,让它们随风摇摆。所有人都悉心照顾着自家的花,在与花朵的亲密接触中,培养了他们对自然深厚的感情。

科尔多瓦最初的居民——罗马人的住宅有点像北京的四合院,房子围成一个长方形或正方形,中间是一个小院子。院子中建有一个小喷泉,有的家庭还会挖一口井来储存雨水。

后来迁移来此的摩尔人也继承了这种住宅形式,在入口处增加了小过道,并在墙上悬挂诸多植物以增加凉爽的感觉。熟悉穆斯林园林的人们设计出了最初的摩尔式园林,其中引种了来自东方的花卉。西班牙炎热的气候以及摩尔人的数学天分创造出了奢华的园林设计风格。摩尔式园林布局为几何布局。其园林设计成用水渠将一矩形分为四部分,中心为一圆形的喷泉或水池。水体、树木、花卉、果实是摩尔式园林的基本要素,水的性质可为平静、可为动态,水的形式可为水池、溪流、喷泉。旱生花卉形成的花床给人漫步东方美丽地毯的感觉。在摩尔人心中,水和绿荫显得特别珍贵,认为"天国乐园"(伊甸园)就是一个大花园,里面有潺潺流水、绿树鲜花,美妙的乐声在庙堂里回荡。因此阿拉伯人习惯用篱或墙围成方直平面的庭园,便于把自然和人为的界限划清。

典型的西班牙庭院被称为"patio",原意是院落或天井。庭院的布局为:四周为建筑,围成一方形的庭院。建筑形式多为阿拉伯式,带有拱廊,装修雕饰十分精细。在庭院的中轴线上,有一方形水池或

△ 科尔多瓦的庭院

一长条形水渠,并有喷泉。

美丽的西班牙庭院总是能给人带来极大的视觉上的冲击,令居住在其中的人身心都得到巨大的满足。

科尔多瓦人的庭院中,通常必不可少的,还有各种彩色的瓷盘。雪白的墙壁上,挂着蓝色、绿色的花盆,间或配合着彩色的瓷盘,让人不得不佩服科尔多瓦人在庭院中花的巧心思。有花的季节,它们相得益彰,没花的时候,盘子就是挂在墙上的花。在科尔多瓦,到处可以见到颜色鲜艳的陶瓷制品,它们或者在餐桌上,或者在商店里,或者在墙壁上。

摩尔风格的庭院,是这座城市的灵魂。在科尔多瓦,无论是皇家贵族,还是平民百姓,都热衷于装点庭院。他们对庭院的热爱,到了无以复加的程度,甚至专门设立了庭院节。每年庭院节时,整个城区便成了一片花的海洋。门前、窗外、壁上、巷间,到处是盛开的鲜花。随便钻进一个小巷,雪白的墙壁上,错落有致地挂着各色天竺葵，在这里，迷失的不仅是方向，还有你陶醉的心智。

繁花似锦庭院节

上千年前，热衷于装饰庭院的摩尔人就把花样的庭院带到当地人的生活之中。他们把房子的外墙漆成了白色来抵抗夏日的高温，为了躲避烈日而修建的狭窄巷子，还有房子里那装饰着无数娇艳鲜花的庭院。

于是，无论是皇家宫殿还是平民百姓家，都开始不遗余力地装点庭院：地上铺满鹅卵石，庭院里大大小小的花盆和小花圃种满了色彩缤纷的鲜花，大的院落还会修建喷泉，甚至挖上一口水井用于收集雨

▽ 科尔多瓦的庭院

水……鲜花、流水、光影的美妙结合让科尔多瓦人家的小小庭院变得繁花似锦。

历史悠久的城市，大多沉稳有余而活泼不足。但西班牙的科尔多瓦却完全出乎意料。5月的"科尔多瓦庭院节"（La Fiesta de los Patios de Córdoba）让这个原本有些严肃的历史名城，在鲜花的簇拥下，焕发出别样青春。

西班牙人爱过节，一年到头过节无数，但是五月的科尔多瓦庭院节，无疑是最漂亮的节日。自1921年起，每年5月的第二至第三周，科尔多瓦都要举办一个美丽而芬芳的节日——庭院节。最初，人们刻意装扮自己的庭院，是为了送走春天，迎接初夏的到来。然而，邻里之间对庭院布置的互相攀比，造就了庭院装饰活动，从日常行为变成了某种展示风尚和品位的载体。庭院装饰的传统延续到现在，已成为科尔多瓦最大的节日之一。而庭院节也在2012年被联合国教科文组织列入人类非物质文化遗产。

庭院节期间，当地所有的居民都可以将自己的庭院对外开放，向邻居和游客们展示自己精心装点和设计的作品。最后，由评委和大众共同评选出最受欢迎的庭院，获奖的庭院主人将获得非常丰厚的奖金，并会骄傲地在墙上记录下获奖的年份。

庭院节期间，科尔多瓦老城区经典的白色庭院都会被各种鲜花和绿色植物装扮一番，像是马上要出嫁的西班牙新娘。

院墙上一盆盆色彩鲜艳的花、院落中曲折蜿蜒的爬山虎和刚吐春叶的小树，都是院子主人的杰作。在庭院节一两周的时间内，院子主人每天都要精心浇灌、修剪和打扫鲜花庭院，力争把最美的一面展现给来自世界各地的客人。

在这缤纷美丽的庭院中，你不难感到，科尔多瓦人对待生活的热情正如安达卢西亚的阳光一样炽烈。

△ 科尔多瓦的庭院

科尔多瓦，不仅拥有世界文化遗产大清真寺，还有撩人的春光。

一场花事，从春天延伸到夏天，满眼的姹紫嫣红，恍恍惚惚间，人们仿佛回到了从前。

"百花巷"这条不足两百米的小巷子就是科尔多瓦开放庭院最集中的地方，仿佛全世界的花儿草儿都拥到了这里。

上帝把所有蜜色的墙和影子都给了你，你用来种红色的天竺葵，用来裁风的影子，画蝴蝶的翅膀，装饰你的庭院。

那些藏在窄巷深处的黄色拱门会依次打开，一只只栽种花卉的蓝铁皮花盆斜挂上墙，芭蕉绿、桃红、蓝紫的绣球花争相开放，与美丽女主人的传统衣裙优雅相衬，女主人都是无师自通，精通配色、园艺的艺术家。巷子里那些小咖啡馆、瓷器店、首饰店和服装店的玻璃橱窗也布置得精致华贵。彩绘的手工瓷砖、挂盘、碗碟、首饰，阿拉伯人喜欢的东方丝绸和蕾丝桌布……都是庭院的主角。

△ 科尔多瓦的庭院

Cordova

科尔多瓦 繁华落尽的盛世之梦

△ 科尔多瓦的庭院

越狭窄的地方往往越曲径通幽,别有洞天。原本看似窄巷的尽头,但真正沿着那弯曲的巷尾前行却不必回头。推开门,原来是一个门庭清丽的私家庭院。摩尔人的建筑最先露出别致的拱形门庭,然后是几盆长势惊人、阔叶如盘的"滴水观音",青碧的绿衬着雪白的粉墙,喷水池尽管已干枯,但依然光洁如洗。满墙的蓝色铁皮挂桶种满了画家们的天竺葵。

红色的天竺葵,伴着随时跃动在你眼前的风的影子、舞蹈的影子,一次次把浪漫的香氛投影在露天的白墙上。

木质厚重的门大都虚掩或开敞着,任由你小心翼翼地走进去,打个招呼,友善地拍几张照片,女主人会很有礼貌地不语,微笑,像一件阳光下安静的首饰。

我相信这世上没有哪一个民族,像科尔多瓦人一样热爱他们的庭院。

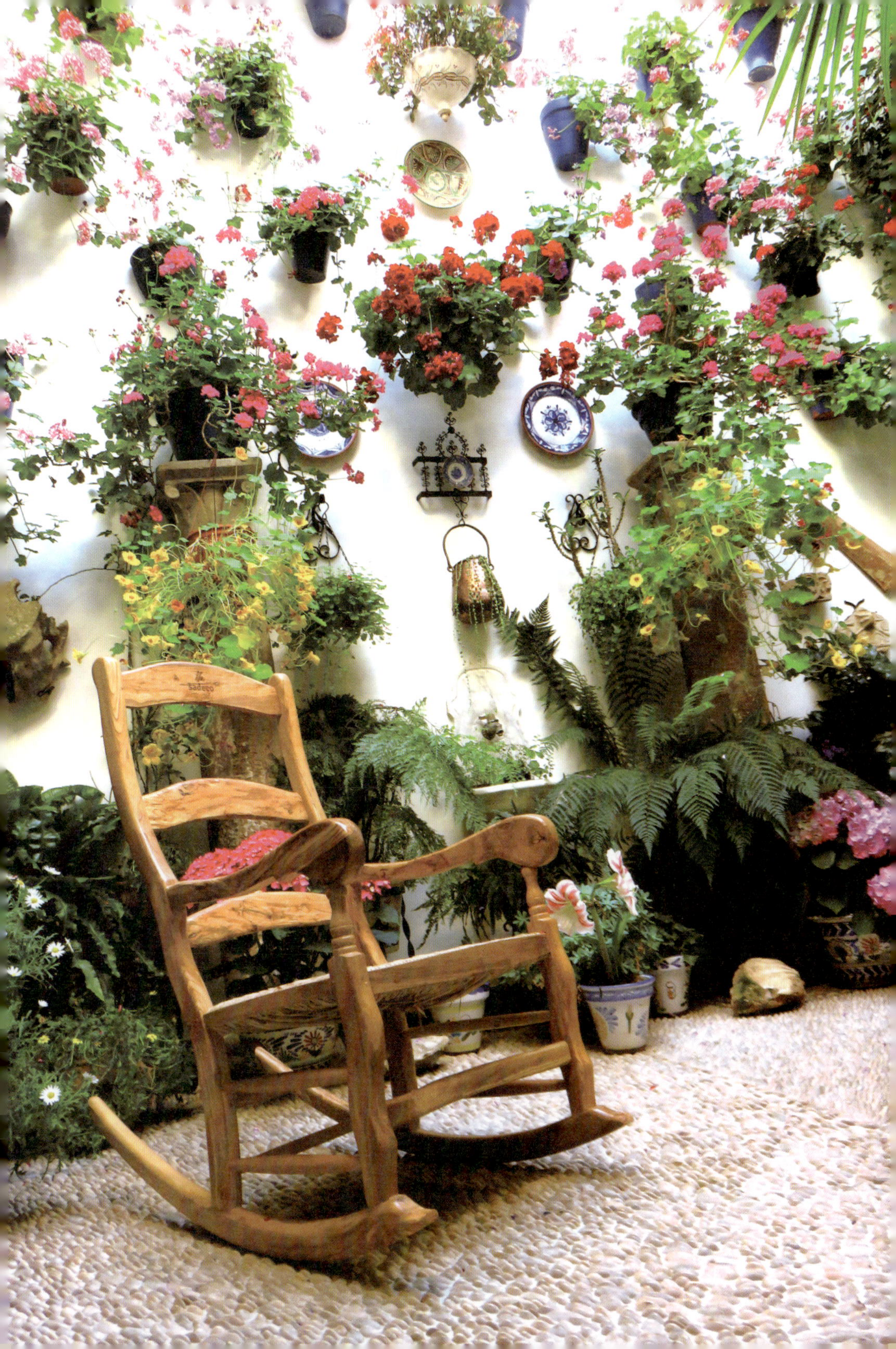

也许科尔多瓦人天生就愿意和泥土亲近，和花草和阳光亲近。他们从一草一木开始，培土、浇灌、施肥……他们从不怠慢那些精挑细选的幼芽和种子，也从不辜负地中海灿烂的阳光。庭院节上，家家户户都会搬出自己的盆景和花卉，哪怕窗户上、门口台阶上的一盆玫瑰，几枝兰草，一丛迷迭香，都令人流连忘返。

庭院节期间，人们喜出望外，邻居们纷纷展示自己的"杰作"，并由衷地接受赞美。另有爱浪漫的背包族，也可以花上几欧元，买两束风干的薰衣草干花，别在情人或同伴的遮阳草帽上，纳入镜头，自然又是一份难得的旅行纪念。

科尔多瓦人与生俱来地热爱园林，并善于用足够的热情倾情于园艺。住在有花香、有色彩的窗户里多好啊。我在经过一扇老城的黄色窗户的时候，望一眼那里开得如火如荼的九重葛，心想：这是朱丽叶的窗户吗？那个叫罗密欧的英俊少年，是否会在黄昏的窗户下出现……

当路过一排排私家庭院外围的伊斯兰花纹铁花栏杆时，与众不同的星辰、摩尔文字、花草纹图案，让人突然有种在古董店里见过的安达卢西亚艺术中那种亲切与自然。

鲜花无奇，巧在主人心思

一方庭院、几间屋宅，草木、水系……各种元素经过不同的搭配，组合出一个足以展示主人志趣的空间。于是，这小小一片天地，可以藏山纳海，可以比拟万物。在此，你可以听风赏月，饮酒烹茶，闲看花开花落，慢观云卷云舒。或许，这种生活听起来离繁忙的都市人太过遥远，不过，如果旅途中能够在这样的庭院短暂停留，未尝不是体验当地生活和文化的好机会。

△ 科尔多瓦的庭院

　　院子的主人通常对自己的手艺相当自信，而庭院也在某种程度上体现了主人的性格。这家主人会告诉你如何给挂在墙壁上的鲜花浇水，那家主人告诉你怎么用贝壳种植马齿苋，还告诉你如何修剪才能让花开得更长久。每一盆开放的鲜花后面，都有一位心思细腻的主人。

　　其实，科尔多瓦的庭院中，并没有什么奇花异草，鲜花绿植都是天竺葵、九重葛、康乃馨、月季等常见品种。如果说春天的荷兰华丽得像个贵妇人，那么科尔多瓦，就漂亮得像邻家女孩儿，亲切中不乏羞涩，让你爱到恨不得想捏捏她的鼻子，拉拉她的小辫儿。但让人感动的是这里的人热爱园艺、热爱生活的心态。淘汰的旧瓷杯、用过的酒瓶，甚至吃过的贝壳，都可以用来种花草。还有那些色彩艳丽的瓷盘，它们挂在墙壁上，与鲜花交相呼应，相得益彰。到了秋冬时节，鲜花凋谢，但瓷盘却如永不凋零的鲜花，依旧盛开。

科尔多瓦人说，只要有一颗热爱鲜花的心，其实什么都可以是花器；只要有一颗爱花的心，你的庭院就会满园花开。庭院节不只是鲜花的海洋，主人为了增添生活情趣在其间还点缀了许多小装饰，或是家庭合影，或是一把吉他，其中最受欢迎的莫过于锅碗瓢勺。看着这些原来只出现在厨房里的大大小小的家伙被错落地摆放在植物间，让

▽ 科尔多瓦夜景

人不禁感慨这真是名副其实的生活艺术。

每一个养花人必定都能感受到，花儿虽然不言不语，但每一次花期，每一种盛开，都是在回馈花匠的付出与爱。于是，不论是一座花园，一条花巷，还是一片花海，当这些缤纷错落的花儿占满你的眼帘，幸福感满溢，你甚至就想远离尘嚣，住进花儿的温柔乡里。

科尔多瓦的美丽与哀愁

我不知道到底该怎样回忆科尔多瓦。

可能科尔多瓦是让人魂牵梦萦的，就如莎士比亚所与生俱来的浪漫，无论是天空与青草、白鸽与池水、城内的大清真寺与城郊的皇宫遗址，无不让人的心早已跨越到一个神奇的境地。

帝国兴起，帝国覆灭。没有哪一个帝国是永恒的，没有哪一座城市可以一直是全世界的文化中心。很多城市：雅典，长安，大马士革，巴格达，科尔多瓦，都曾经像刚刚开采出来的钻石一样，绽放出耀眼的光辉。

夭亡诗人洛尔迦在《骑士之歌》里吟唱着"穿过原野，穿过烈风，赤红的月亮，漆黑的马。死亡正在俯视着我，在戍楼上，在科尔多瓦"。洛尔迦的诗中，科尔多瓦是遥远，孤寂……

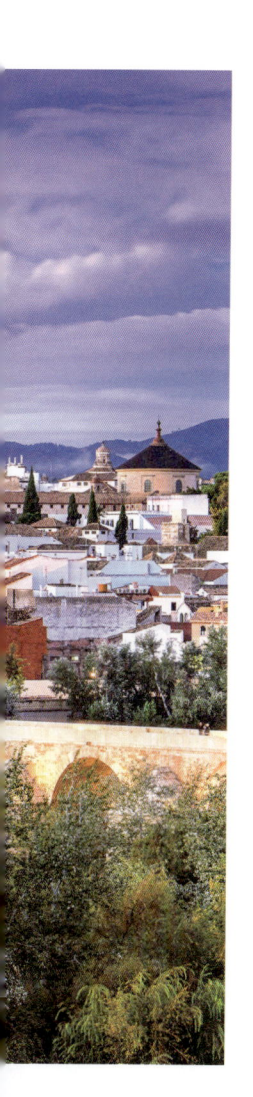

△ 科尔多瓦老城夜景

大抵历史上所有的名城要塞，都是兵家必争之地。科尔多瓦也不例外，今天我们看到的很多建筑，都是已经在战火中毁灭又被后人重建的。建筑可以重建，只是战争造成的死亡却永远不可弥补，人类总是在历史里上演着同样的悲剧。一边建造，一边毁灭，温柔而哀沉的科尔多瓦，终于可以远离争夺的硝烟战火，安详地日渐老去。

　　5月庭院节里的科尔多瓦想必是甜美芬芳的。虽已经难从现状去想象科尔多瓦的鼎盛时期，但它的确曾是伊斯兰世界最强盛的首都，大概如盛唐气象，灿烂而包容。时间带来岁月的痕迹，也带来遗忘。

格拉纳达：
她是优雅和微笑，她是绝望与叹息

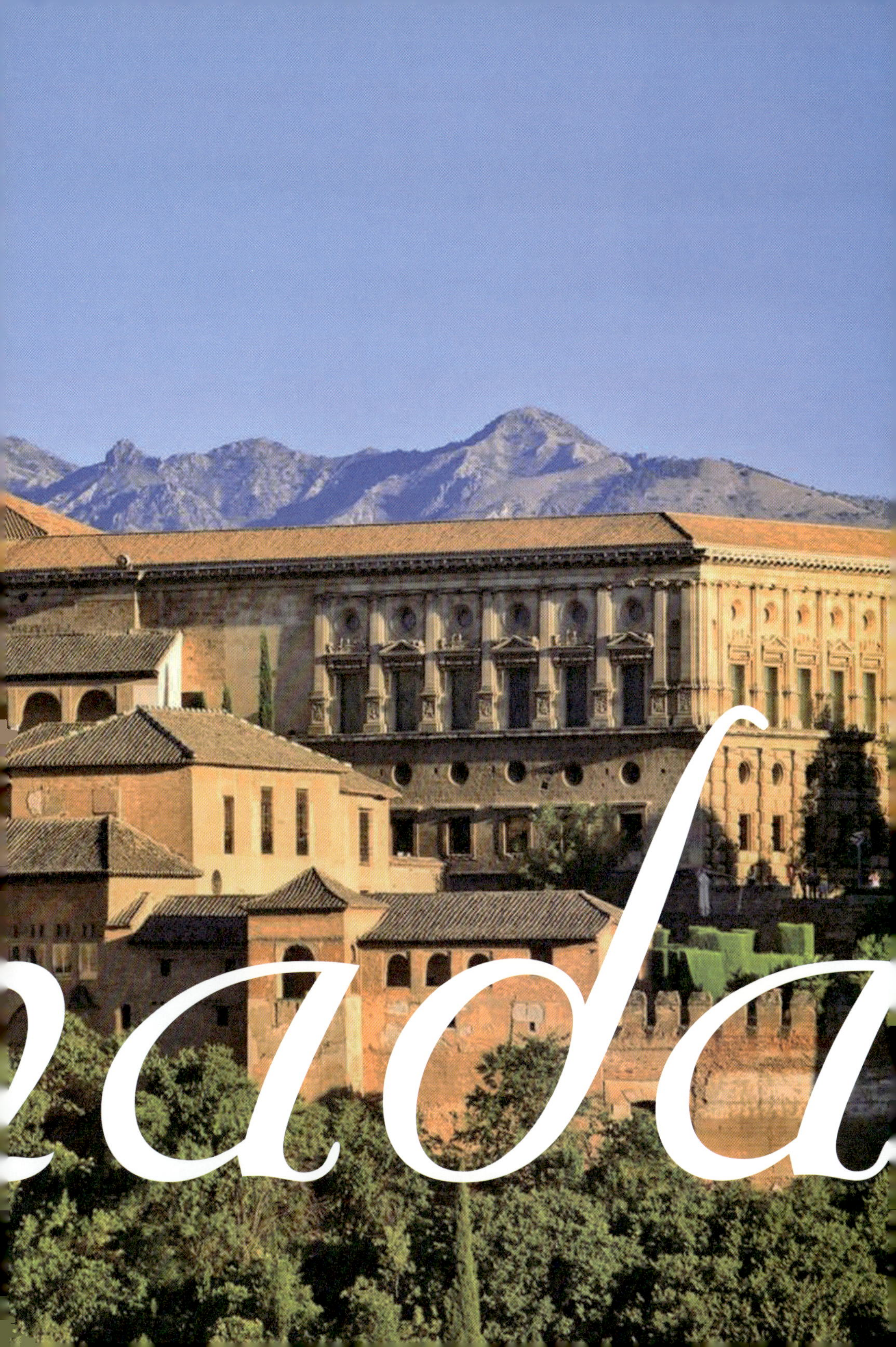
ada

我一直想去格拉纳达，是因为在意大利西西里时听到一间吉他店里的店主演奏的一首曲子《阿尔罕布拉宫的回忆》（Recuerdos de la Alhambra）。那舒缓悠扬的吉他声将我的心带到一个遥远而宁静的地方，沉浸到一种忧郁的异域情调中。直到那个在纳塞瑞斯皇宫的夜晚，坐在四壁空旷的天井中，面对一泓孤独的泉水和头上的深邃夜空，我才深刻地感受到那熟悉的曲调中所蕴含的这座宫殿和这座小城的沧桑。

从科尔多瓦到格拉纳达市区的路上，可以遥遥望见远处的内华达山脉（Sierra Nevada），零零星星还覆盖着白雪。Nevada在西班牙语里正是"雪山"的意思，这座山脉拥有西班牙最高峰，海拔3478米。它是宏伟壮观的阿尔罕布拉宫的完美背景。内华达山脉高耸入云，花岗岩的山体和白雪皑皑的山峰在夕阳下熠熠生辉。海拔较低的山谷里植被茂密，桃金娘和蔷薇盛开，一片生机盎然。自古以来，这里就是富饶的地方，盛产柑橘、无花果、橄榄、向日葵等农作物。内华达山脉是欧洲最南端的滑雪场，它也是西班牙最负盛名的滑雪胜地。它有着全欧洲最佳的阳光普照的

△ 冬日内华达山

▽ 远眺内华达山脉

Granada

格拉纳达 ── 她是优雅和微笑，她是绝望与叹息

滑雪度假村，与地中海仅相隔40公里，在美好的晴天还能目睹地中海。地中海有全长近900公里的海岸线，有令人心旷神怡、流连忘返的迷人海滩。春天的时候，漫山遍野的野花统治了整个山坡，而山下的村庄里刚刚收获了最后一颗橄榄。

毛姆在他的《西班牙主题变奏》里曾写道："在西班牙，你似乎不可能很长时间看不见山。山脉就在你的眼前绵延，干旱，荒凉，贫瘠；它们在遥远的地平线上呈现着青绿色，似乎在召唤着你进入一个新的神奇世界。白雪皑皑的内华达山脉偏远而令人畏惧，但每当黎明或日落时分，它就会闪耀着光芒，带着一种远离尘嚣的五彩斑斓的美。那种神秘感，从不太遥远，它并不触目但始终不会消失。它具有奇特的、难以抗拒的吸引力，似乎出没于那使灿烂的风景黯淡的阴影之中。它就如同一段忧愁、悲伤而又美好的主旋律，贯穿于一曲华丽的交响乐中，令人不安但又不能不专心倾听。"

内华达山脉上流下的积雪融水灌溉着它脚下这一片富庶的平原，

▽ 内华达群山日出

这里先后来过罗马人、西哥特人和犹太人。公元8世纪，它又迎来了一批来自另一大陆的不速之客：摩尔人。

石榴之城格拉纳达：摩尔帝国的夕阳

没有一个城市，像格拉纳达那样，带着优雅和微笑，带着闪烁的东方魅力，在明净的苍穹下铺展。

——雨果

"格拉纳达"，意为"石榴"，晶莹炽热如血。曾几何时，摩尔人从北非出发，穿过直布罗陀海峡，到达伊比利亚半岛。公元711年，摩尔人第一次占领了格拉纳达，并在现在的格拉纳达圣尼古拉广场的位置上建立了要塞。此后的几个世纪里，格拉纳达一直是倭马亚王朝以及后来的科尔多瓦哈里发国的属地。在这期间，包括格拉纳达在内的安达卢斯地区文化的交融非常活跃，基督教徒和犹太人都被认定为受保护群体。

公元1031年，安达卢斯地区由于内战分裂为数个独立的小国家，各自割据，征战不休。与此同时，伊比利亚半岛上的基督教复国运动已日渐发展壮大。公元1212年，由几位基督教国王联手组成的军队在托洛萨战役中击败了统治格拉纳达的穆瓦希德王朝。公元1232年，在内乱中，穆罕默德一世夺得权力，建立起了摩尔人在伊比利亚半岛上统治时间最长，也是最后的一个王朝——纳塞瑞斯王朝（Nasrid Dynasty）。

公元1238年，阿尔罕布拉宫开始建设。因为宫墙是用红土堆砌而成,摩尔人给它取名叫作"红色城堡"。历经两百余年的修建,宫殿群在15世纪中期完成。

然而在这期间,基督教徒的复国运动日渐壮大,包括科尔多瓦和塞维利亚在内的众多摩尔人生活的城市已经先后被基督教徒重新占领,纳塞瑞斯王朝的苏丹却与基督教的卡斯蒂利亚国国王费尔南多三世修好,甚至不惜向后者进贡称臣,让格拉纳达这座摩尔人在伊比利亚半岛上的最后据点多延续了两个世纪。

那是一个祭典般的黄金时代。格拉纳达成为其与阿拉伯世界贸易和交流的纽带,从非洲进口金银,又将本地出产的丝绸和干果出口到非洲各地。绚丽的宫殿与繁华的阿尔拜辛区(Albayzín)遥相辉映,从内华达山脉上源源不断流出的积雪融水汇成一股股溪流和清泉,浇灌着达罗河谷两边的沃土。狭长的小路在白色的民居之间百转千回,路边有蒸汽腾腾的阿拉伯风格浴室、香薰缭绕的茶楼、琳琅满目的手工作坊,当然还有肃穆的清真寺。穆斯林、基督教徒和犹太人往来于城中,关系相对融洽,虽不时也会有市井纷争,但相比于格拉纳达之外的安达卢斯地区此时遍起的烽火兵戈,这里的确算得上是乐园了。

然而这也是摩尔人在伊比利亚半岛最后的繁华。公元1492年,哥伦布开始环球航行的同一年,摩尔人的纳塞瑞斯王朝最后一任苏丹穆罕默德十二世波伯迪尔(Boabdil,1460—1533)在经历一年多的围城之后开城投降。当交出城门的钥匙后,波伯迪尔潸然泪下,他的母亲却愤怒地斥责他道:"你未曾像男子汉一样保卫国土,便怪不得像女人一样流涕痛哭。"

传说波伯迪尔离开之前,去到一处山峰之上,最后望了一眼熟悉的阿尔罕布拉宫和它周围的绿色山谷,长叹一声。他被安置在格拉纳达附近的一个山区,但不久就离开了伊比利亚半岛去了摩洛哥。对于这位生于伊比利亚长于伊比利亚的苏丹来说,格拉纳达才是他的故乡，他的祖先所来自的摩洛哥却已是异乡。没有人确知这位苏丹最后的归宿，他留下的那一声叹息却在历史的长河中回荡许久。而那块高地至今还被叫作"摩尔人的叹息（El Suspiro del Moro）"。

当地人还说，当年摩尔人依依不舍地离开这座他们居住了两个多世纪的城市时，特意带上了他们大门的钥匙。返回摩洛哥定居之后，他们把这钥匙世代相传，期待后世子孙有朝一日会回到格拉纳达，重新拾起他们当年的富足繁盛。在格拉纳达，的确有不少从中东来的游客，望着那些伊斯兰风格的建筑，眼神里似乎有朝圣的意味。不知道他们中间是不是就有几百年前曾经见证过格拉纳达黄金时代的那些摩尔人的后裔。

摩尔人仿佛从格拉纳达的历史中消失了，但他们精心建造的宫殿却被信奉天主教的占领者保留了下来，并加以修缮和利用，成为他们生活中的一部分，一直至今。

曾几何时，摩尔人从北非出发，穿过直布罗陀海峡，到达伊比利亚半岛。公元711年，摩尔人第一次占领了格拉纳达，将其设为科多吧哈里发省首府。12世纪，伊斯兰在伊比利亚半岛统治权力式微，伊比利亚半岛的伊斯兰势力分裂为众多小王国，格拉纳达王国就是其中之一。随着天主教收复失地运动从北向南愈演愈烈，伊斯兰的众多小国无法抵挡强大的天主教势力，纷纷败下阵来。在身边兄弟王国纷纷陷落的情况下，1238年格拉纳达王国曾和天主教卡斯蒂利亚王国达成协议，格拉纳达王国成为卡斯蒂利亚王国的附属国，前者保持自己的宗教信仰，但须每年向后者进贡。这种关系维持了250年，这也使得格拉纳达王国成为当时伊比利亚半岛上仅存的伊斯兰力量。最后，随着天主教双王喜结连理，力量大增，格拉纳达王国在内部的混乱内斗和外部的强大征服下无奈投降，将管理权交给天主教双王。

阿尔罕布拉宫：《一千零一夜》里的梦幻世界

阿尔罕布拉宫俯卧在格拉纳达东南部的太阳山脊上，在阿拉伯语中，"阿尔罕布拉"是红色的意思，所以得名"红堡"，颇有几分妖娆的味道。之所以名为"红"，一说指其建筑外墙多用红色砂岩，也有传说当初修建宫殿时日夜赶工，宫殿外墙在夜间火把的映衬之下，熠熠生辉，如同火焰般赤红。阿尔罕布拉宫被阿拉伯诗人比喻为"绿宝

▽ 阿尔罕布拉宫之夜

石上的一颗明珠",它也是历代格拉纳达苏丹王的居所,被东方情调辉煌而精致的奢华所环绕。苏丹统治着这块引以为豪的人间天堂。阿尔罕布拉宫始建于13世纪中叶,纳塞瑞斯王朝的开创者穆罕默德一世建设城堡和宫殿以对抗日渐强大的基督教诸国。建设的工程浩大,花费甚巨,当地人认为穆罕默德一世具有某种魔法——至少会炼金术,才能变出这么多钱把这样的工程完成。但事实上,阿尔罕布拉宫的建设花费了两百余年的时间,各代的苏丹王对它都有所增建,一直到15世纪的中叶,它现在的风貌基本形成。

阿尔罕布拉宫是西班牙唯一幸存的伊斯兰宫殿,也是摩尔式建筑艺术的巅峰之作。在西方人眼里,阿尔罕布拉宫是浪漫的代表,激发了很多艺术家的灵感。最著名的是美国作家华盛顿·欧文的游记随笔《阿尔罕伯拉》①,和西班牙作曲家弗朗西斯科·塔雷加(Francisco de Asís Tárrega y Eixea,1852—1909)的吉他名曲《阿尔罕布拉宫的回忆》。西方媒体评选世界上最美的十大宫殿,阿尔罕布拉宫通常都会在前三名里,前三名的另外两个往往是北京故宫和拉萨的布达拉宫,凡尔赛宫、白金汉宫均在其后。

---

①英文首版 *Tales of the Alhambra* 于1832年出版。文中的中文译名来自由万紫、雨宁翻译,上海文艺出版社出版的《阿尔罕伯拉》(2008年)。

华盛顿·欧文：拭去尘封记忆的人

在前往阿尔罕布拉宫的三岔路口，有一座叫作"美国旅馆"的地方。这是《阿尔罕伯拉》的作者——美国人华盛顿·欧文曾经居住的地方。

在华盛顿·欧文来到西班牙以前，阿尔罕布拉宫已经在格拉纳达被攻陷后沉睡了三百多年，如同一位儿孙散去、行将就木、垂垂老矣的鳏夫，等待着彻底衰败和坍塌那一天的到来。这时候美国人华盛

▽ 远眺阿尔罕布拉宫

顿·欧文来到了这里。在征得当时西班牙格拉纳达总督的同意之后，华盛顿·欧文住进了阿尔罕布拉宫，并根据在这座伟大宫殿的所见所闻，著成了《阿尔罕伯拉》。这篇著作的问世，如同为西班牙人拂去稀世瑰宝上的尘埃，使他们看到了金子般的光泽，自那以后西班牙才着力于阿尔罕布拉宫的严密保护，才有了时至今日仍保存完好的摩尔人宫殿。

"有多少传奇和故事，真实而且精彩的；有多少爱情、战争、游侠的歌曲和民谣，阿拉伯的和西班牙的，同这个东方的宫殿联系在一起。"欧文在书中写道。

华盛顿·欧文的《阿尔罕伯拉》集游记、传说、历史记录、个人观察于一体，具有很强的史料价值。更重要的是它是用英文书写的，让很多西班牙之外的读者对这个几乎被遗忘的历史性建筑重新产生了兴趣。随之而来的大规模修复工作把这座摩尔建筑的代表作从死亡的边缘拉了回来。

华盛顿·欧文曾在当时荒凉的阿尔罕布拉宫里住了几个月的时间，他记录下了如下文字：

我踏上了这片神奇的土地，被浪漫的图景所包围。我很小的时候，就曾在哈德孙河岸边陶醉于西班牙古代史，尤其是格拉纳达附近所发生的战争。从那时起，这座城市就成为我魂牵梦绕的地方，我经常想象自己穿行于阿尔罕布拉宫那些充满浪漫气息的房屋之中。难道我的梦想就此变成了现实？我几乎不敢相信自己的感觉，我不敢相信自己的确是住在波阿迪尔的宫殿里，还可以站在他的露台上俯视高贵的格拉纳达。当我徜徉在那些东方风情的房间里的时候，当我倾听着井水的轻语与夜莺的歌声的时候，当我闻着玫瑰的芬芳，感受着香脂的氛围的时候，我几乎认为自己走进了穆罕默德的天堂……

△ 阿卡萨巴碉堡

参观阿尔罕布拉宫可以分为四部分：阿卡萨巴碉堡（Alcazaba）、纳塞瑞斯皇宫（Plaza de Nazaríes）、赫内拉里菲宫（Palacio de Generalife）和查理五世宫殿（Carlos V）。阿卡萨巴碉堡是抵御进攻的堡垒，纳塞瑞斯皇宫是宫殿的核心，赫内拉里菲宫则是花园。在这个集瞭望塔、王城、花园于一身的建筑综合体中，伊斯兰艺术及建筑的精致与微妙触手可及。

赫内拉里菲宫：高高在上的天堂花园

阿尔罕布拉宫的赫内拉里菲宫，还有一个很美的译名："高高在上的天堂花园"。这座花园作为格拉纳达苏丹的夏宫使用。

赫内拉里菲宫始建于13世纪，修建于格拉纳达苏丹穆罕默德三世的统治时期，随后又经过历代苏丹不断完善。花园包括保罗庭院、水渠中庭、瑞吉亚厅、柏树园以及阿尔托斯花园。赫内拉里菲宫被认为是维护得最好的安达卢西亚式中世纪花园。

赫内拉里菲宫内的果园和牧场，用以种植瓜果蔬菜、豢养牲畜供宫内使用。据说这样做能有效防范外来含毒食物。

站在赫内拉里菲宫的高处静静平视阿尔罕布拉宫，我突然想起清末庄士敦①所著的《紫禁城的黄昏》，摩尔王朝的兴衰尽在阿尔罕布拉宫红砖片瓦的默默注视下，这和东方的紫禁皇城何其相似。

有别于中国园林讲求自然，西方园林以人造因素为多。阿尔罕布拉宫所有的水都是从山里流下的泉水，经过阿拉伯人精心设计的水网、水管、喷头、水渠分流后在一个个不同的场合重复出现，一会呈现为长满睡莲的池水、一会变为晶莹的泉水、一会又以冒着水泡的水钵出现、一会又变成路边的溪流，回肠百转，以成百上千的姿态，一次次成为水艺术的主角。

山上所有的水景都是利用水流的落差原理制作而成，水的主要来源是山顶的融雪。更难能可贵的是几乎看不到明渠。由于波斯在7世纪初被阿拉伯人所灭，伊斯兰园林样式在中世纪的发展受波斯文化影响很大，大量波斯文化元素的加入，使阿拉伯人迅速吸收了充足的营养，从而形成自己独特的造园风格。从古波斯时代开始就流行的花园样式是花圃陷在水渠和渠边道路的平面之下，这种风尚一直被伊斯兰园林传承，在安达卢西亚尤其盛行。

---

①庄士敦(Reginald Fleming Johnston,1874—1938)，英国苏格兰人，清朝末代皇帝爱新觉罗·溥仪的外籍老师。庄士敦于1898年赴中国，先后在香港、威海卫的英殖民政府任职，是一位地道的"中国通"。1919年，庄士敦应邀至紫禁城担任溥仪的英语、数学、地理等西方学说的老师。1930年他返回英国，在伦敦大学任教，著有《儒家与近代中国》《佛教中国》《紫禁城的黄昏》等书。

△ 赫内拉里菲宫

　　进入瑞吉亚厅前，必须穿过长长的水渠中庭。安达卢西亚夏日的午后，灼热阳光的直射不免令人燥热无比，但是一转进流水潺潺的这片精致小巧的庭院，顿觉凉爽。

　　庭院本身并不大，应该说整个中世纪伊斯兰风格园林均呈现出这种精巧的特点。正如14世纪格拉纳达农艺家伊本·鲁伊恩曾认为的："花园不能大到碍眼，而因适度到让我们的目光产生最大愉悦。"

　　水渠中庭的中央是缀满繁花的长方水塘。由于长期处于炎热地区，水资源显得弥足珍贵，摩尔人对水的迷恋或许因于此。不管是泼墨般四溢飞溅的水珠形成弧状的喷泉，或如碧绿如玉清澈见底的池水都被他们运用得淋漓尽致，摩尔人对水势能的运用已达到炉火纯青的境界。

　　庭院中还配合四季种植着不同的植物，番石榴、橘树、柏树和蔷薇竞相争艳。登上一旁的亭阁还可欣赏对面阿尔罕布拉宫和山丘下阿尔拜辛区的美景。北边的亭廊由5个拱门形成，细腻的纹饰不放过每一个角落。渗入马蹄形窗口或精致窗棂的光与景，给黯淡的亭廊带来一抹朦胧的亮彩。

从水渠中庭外侧的长廊可远眺阿尔罕布拉宫。格拉纳达苏丹喜欢从对面的阿尔罕布拉宫骑马来到赫内拉里菲宫享受天堂花园的美景。

△ 赫内拉里菲宫

白色的民居是山丘下的阿尔拜辛区。

水渠中庭的正面就是瑞吉亚厅,这里可供苏丹处理一些日常事务。阿尔罕布拉宫内无论是哪座处理政务的宫殿,必在朝向麦加的方向有祈祷室。祈祷室除了满足宗教信仰需要之外,还有作为反省自身的作用。

瑞吉亚厅四面墙体刻满了伊斯兰文。由于伊斯兰教义认为真主无法用人类或者动物的形体表现,只能用文字表达,所以伊斯兰宫殿并不会像天主教教堂或寺庙那样绘有动物和人物。

满墙的阿拉伯文字只有一个释义:"唯有真主阿拉战无不胜(wa-la ghālibilla Allāh)"。这些墙面艺术据说在苏丹统治时代均为彩色,后因为年代久远而逐渐褪色。目前宫殿中仅存一处墙面颜色尚未消退,遗憾的是此处并未对游客开放。静立在当年摩尔人智慧与艺术的结晶之前,遥想当年这些宫殿曾经的金碧辉煌,不禁让人心驰神往。

水渠中庭的旁边就是柏树园或苏丹庭院(Patio de la Sultana),传说这里是苏丹妻子索拉雅和她的情人阿宾色拉黑丝经常秘密幽会的地方。如今美人早已香消玉殒,只留下花园中一棵700年的古柏见证这对痴男怨女的缠绵故事。

伊斯兰园林将房屋、水和花园互相贯通,所有的努力都为了强化一种感觉,那就是将三者充分融合。17世纪法国旅行家约翰·夏尔丹曾说过一席话:"波斯人不像我们经常在花园中走动,他们只需展望即心满意足。他们在一进花园的某个地方坐下后再也不会挪身,直到他们又从那里起身离园。"

从水梯(Water Stairway)台阶向上到达上花园(Upper Garden)和浪漫眺台(Romantic Mirador[①])。从这里居高临下眺望,不但整个水渠中庭的美色尽收眼底,而且还可以监视对面的皇宫和格拉纳达城

[①]Mirador:专指西班牙风格建筑上可眺望优美景色的眺台。

区。可见虽在这里享乐，但任何有头脑的历代苏丹们，不会轻易放松对于权力的强烈的控制欲望。

中世纪的伊斯兰花园的观景台不像早先可供坐下来休息的观景露台，而是普遍的眺台。建造这些眺台的目的不是警戒防卫（当然客观上能起到警戒防卫的作用），而是用来欣赏四周的美景。眺台一般建得非常宽敞，能够容纳一群人用餐。赫内拉里菲花园仅作为苏丹赏玩的夏宫使用，因此没有厨房和供人居住的地方，夏天过夜想睡觉的人可在温度宜人的柱廊外凉亭里找到休息用的靠垫和沙发，而食物则可在室外用火盆来烹饪。

从眺台俯瞰水渠中庭，一株粉紫色的蔷薇，正娇羞无限地依在白墙之上。

"天国花园"的概念在赫内拉里菲宫随处可见。宫廷的富丽、国

△ 赫内拉里菲宫

家的荣耀和花园建造技术的娴熟都与追求美好天国的梦想有关。它既包含向往天国的文学主题,又是理想化的乐园,被设计成满足奢侈安逸和感官快乐的场所,提供佳肴、美酒、音乐、芳香等各类感官上的愉悦。

西班牙伊斯兰式园林建筑并不追求条理分明的三维空间,相反善于运用各类精妙手法使内、外空间相互交织,力求营造虚无缥缈的氛围。正如西班牙著名园艺爱好者卡萨·瓦尔德斯侯爵所说:"阿尔罕布拉宫不妨说是由一连串的绿化房间组成的,那里的主角是潺潺的水和时时刻刻都在变化着的光线。"在这里,欲扬先抑的造园手法也得到出色的运用:进入西班牙摩尔式庭园必须穿过前庭或曲折的回廊,这样看到庭院美丽细致的景色时才会大大出乎意料,因而留下至深的印象。

查理五世宫:日不落帝国君主的婚房

从赫内拉里菲宫出来,不远处就是一座与整个宫殿颇有些格格不入的建筑:查理五世宫。这座宫殿虽然属于阿尔罕布拉宫的一部分,但其实并不是当时摩尔人的作品。它建于1526年,那时的格拉纳达已重回基督教手中。

这座宫殿真正的主人是西班牙国王卡洛斯一世,他是著名的基督教双王伊萨贝拉一世和费尔南多二世的外孙,神圣罗马帝国马克西米连一世和勃艮第公国女公爵玛丽的孙子,父亲是哈布斯堡家族的腓力一世,母亲是患有精神分裂症的卡斯蒂利亚女王胡安娜。由于父母亲的关系,卡洛斯一世便有了更为世人熟知的称号:查理五世——神圣罗马帝国的皇帝。当时神圣罗马帝国的统治疆域覆盖了西班牙、那不勒斯、西西里、撒丁岛、奥地利、尼德兰、卢森堡、名义上的整个德

△ 查理五世宫

意志邦联，还有非洲的突尼斯、奥兰等，再加上在美洲的不断扩大、数倍于欧洲本土面积的殖民地，卡洛斯一世的帝国成为西方历史上最强大的帝国之一，也被誉为"日不落帝国"。

"这儿好。"伊莎贝拉远眺连绵起伏的内华达山，说："就是这里了。"伊比利亚半岛悠长的日光照耀着峰顶终年不化的积雪，她的面庞熠熠生辉，查尔斯就在她身边，点头微笑。那是1526年夏天，神圣罗马帝国皇帝卡洛斯一世与他的亲表妹、葡萄牙公主伊莎贝拉新婚燕尔，正在格拉纳达度蜜月。查尔斯与伊莎贝拉夫妇，见此良辰美景，流连忘返，遂萌生在此建造行宫之念。

于是，在摩尔人建造的伊斯兰宫殿的基础上，极具匠心的神圣罗马帝国皇帝的婚房查理五世宫殿屹然而起。

查理五世宫殿是为卡洛斯一世的大婚而修建的（采用西班牙皇帝的名，而用神圣罗马帝国的号）。宫殿的设计师是米开朗基罗的学生

△ 阿尔罕布拉宫

（据说米开朗基罗本人也参与过宫殿设计）——来自托莱多的佩德罗·马丘卡①，他在1533—1550年期间监督了宫殿的建设进程。

宫殿外墙采用整面的上光花砖，并以彩色小石子拼成图案。外墙正立面约一人高的地方有一排铜环，巨大的青铜环挂在嵌在墙壁上的鹰首或狮首下。可见当时青铜冶炼技术已十分发达。宫墙上方是整面的石刻人面浮雕，讲述着战争与爱情的主题故事。

从巨大的拱门进入宫殿，眼前豁然开朗，我不禁由衷赞叹宫殿内部结构的完美：查理五世宫殿采用的外方内圆的造型，也是佩德罗·马丘卡当时独创的完美设计。厚重的四方墙壁里，包裹着圆形的内廷，周围以双层柱廊支撑起稳定的结构。

---

①佩德罗·马丘卡（Pedro Machuca，约1490—1550），西班牙建筑师和画家，生于托莱多，主要因设计查理五世宫殿而知名。这一建筑的重要性在于它可能代表着西班牙第一座经典的文艺复兴式建筑，在文化意义上它代表了西班牙的基督徒征服者挑战摩尔式建筑对格拉纳达支配权的竭力主张。

△ 阿尔罕布拉宫建筑细节

△ 阿尔罕布拉宫建筑细节

△ 阿尔罕布拉宫建筑细节

Granada

格拉纳达——她是优雅和微笑，她是绝望与叹息

从内庭中心发散的石板路象征王权向世界的延伸,宫殿的厚墙是用巨大的黄色砂岩石块砌筑而成,精雕细琢,凹凸相间,别具一格。

宫殿的圆形庭院分上下两层结构,无论从哪个角度观赏都令人赞叹不已。庭院两层环廊各有32根石柱支撑,这种建筑风格在文艺复兴时期曾广泛流行。据说此后的西班牙斗牛场就是依照此建筑而建造的。

佩德罗·马丘卡去世的那天,宫殿除了西面和东面以外,几乎完成了外墙工程,其子继承了他的工作并拓展了圆形庭院。1568年开始因摩尔人在格拉纳达暴动而荒废15年。直至1619年庭院的上石柱廊才完成,整个工程到1637年被完全放弃,留下了没有完成的屋顶。

在最初的二十年里,皇宫的建造相当顺利。但查尔斯为了巩固帝国疆域,不得不将最好的年华投入到无休止的四处征战中。皇后幽居空闺,形容日渐憔悴。1539年,伊莎贝拉生完第五个孩子后撒手人寰,年仅36岁。查尔斯为其英年早逝深感自责,从此换成一身黑色装束,并让威尼斯大画家提香画了伊莎贝拉的肖像,随身携带。画中的伊莎贝拉被描绘成查尔斯记忆中的模样:安静娴雅、风姿婉约,年轻的容貌像遥远而忧伤的梦。

查尔斯终身没有续弦,大部分余生在西班牙之外度过,操劳于他那庞大帝国的政治宗教纷争里。格拉纳达的宫殿从此荒废,成了他永远回不去的家。1556年,心力交瘁的查尔斯将领土分成两半:神圣罗马帝国交给自己的弟弟,西班牙王位传给儿子菲利普二世。他放弃了所有尘世间的功名,也放弃了与格拉纳达宫殿有关的青春绮梦。他隐居到一所修道院里,两年后辞世。在威尔第的歌剧《唐·卡洛》①里,查尔斯五世作为鬼魂出现:他洞晓俗世生活的一切虚荣。

五百年后身临此境,夕阳如血,阿尔罕布拉宫遗世独立,桃金娘依然翠色欲滴,只是群山不语,庭院空寂。

---

①唐·卡洛:一部五幕歌剧,由威尔第作曲,改编自席勒的戏剧《西班牙王子唐·卡洛斯》。

▽ 桃金娘中庭

纳塞瑞斯皇宫：天方夜谭的童话之宫

桃金娘中中庭：飘浮空灵的圣地

宫殿中的"桃金娘中庭①（atio de los Arrayanes）"是一处引人注目的大庭院，也是阿尔罕布拉宫最为重要的外交和政治活动中心。它由大理石列柱围合而成，其间是一个浅而平的矩形反射水池，以及漂亮的中央喷泉。在水池旁侧排列着两行桃金娘树篱，这也是该中庭名称的来源。桃金娘中庭的庭院，宛如沙漠绿洲。整个桃金娘中庭中，40米高的大使厅高塔及周边建筑、纤巧的立柱、优雅的拱券以及回廊外墙上精致的传统格状图案，与清澈静谧的池水交相辉映，使人恍如

①亦称"爱神木庭院"。

处于飘浮空灵的圣地之中。难怪19世纪美国作家华盛顿·欧文曾这样描述这里："一轮晶莹的圆月高挂在宫殿上，洒下一片柔和的光亮，射向每一个庭院、每一间宫殿，窗下的花园，也柔和明亮起来，橘树和香橼树的顶上都披上了银装，喷水池在月光下闪烁着，甚至可以看清玫瑰的羞红……"

盈盈水池，水平如镜，水中倒映出的宫殿似乎要告诉人们一段经年往事：一个摩尔王朝从征服者走向被征服者的长达几个世纪的辛路历程。

从磨盘般的水槽汩汩冒出的水流，悄然地充盈着镜池。

狮子中庭：即将消失的庭院

穿过桃金娘中庭东侧，便来到狮子中庭。狮子中庭（Patio delos Leones）是将纳塞瑞斯艺术发挥得最辉煌完整的作品，也是阿尔罕布拉宫的标志。列柱支撑起雕刻精美考究的拱形回廊，从柱间向中庭看

▽ 狮子庭院

去，其中心处由12只强劲有力的白色大理石狮托起一个大喷泉，它们结合中心处的喷泉布局成环状。

由于《古兰经》禁止采用动物或人的形象来做装饰物，所以在阿拉伯艺术中，这种用狮子雕像来支承喷泉的做法是很令人称奇的，可将其理解为君权和胜利的象征，而这里的狮子雕像的形态还会让人回想起古代波斯雕刻家的作品。12头石狮子原本有时钟的功能，每小时有一只狮子喷水。据说基督教征服者来了以后，曾把喷泉拆开想看个究竟，结果再也无法恢复原来的功能，现在是12头狮子一齐喷水。

狮子中庭带有十分明显的穆德哈尔式风格，也就是说基督教与摩尔人艺术元素的混合体。比如，它的格局与中世纪的圣本笃会回廊建筑具有异曲同工之妙。庭院由两条水渠将其分成四部分。水从石狮的口中流出，经由这两条水渠流向围合中庭的四个走廊。旧时庭院曾被植被覆盖，郁郁葱葱，繁花盛开，如同铺了一层彩色的地毯。后来为了保护建筑免遭湿气影响与根系的破坏，之前的植物全被移除，仅在庭院四角栽种了四棵橘子树。

环绕中庭的走廊由124根棕榈树般的柱子架设，列柱支撑起雕刻精美考究的拱形回廊，"唯有真主阿拉战无不胜"的阿拉伯文字箴言，不断重复于柱子、墙壁的饰带上。拱门及走廊顶棚上的拼花图案大小适宜，且相当精美。拱门由石头雕刻而成，做工精细、考究、错综复杂，同样，走廊顶棚也展现出当时极其精湛的木工手艺。由于柱身较为纤细，四根立柱常常组合在一起，这样，既满足了支撑结构的需求，又增添了庭院建筑的层次感，使空间更为丰富、细腻。人们在这样的环境中，很容易放松精神和转换个人心态。在狮子中庭，同样可以看到与中世纪修道院相似的回廊。它按照黄金分割比加以划分和组织，其全部的比例及尺寸都相当经典。

水是阿尔罕布拉宫的重要元素，传递了伊斯兰教的宗教与文化传

△ 狮子庭院

统。宫内的水渠、喷泉与瀑布等水景都寄托着阿拉伯人的精神信仰。狮子中庭被相互垂直的四条水渠划分为四个方块，流水经由中间的狮子喷泉流向四周的门廊，这种园林布局在伊斯兰文化中代表着天堂花园。花园正中的狮子喷泉象征着生命的起源，而四条水渠代表了天堂流出的水、乳、酒、蜜之河。

阿尔罕布拉宫最显著的特色之一，是流动的水与坚实的建筑的结合。喷泉被引入室内的空间，模糊了内与外的界限；建筑倒映于水中，造成虚实相映的幻象。刻在喷泉石盘上的伊本·塞马克①的诗句值得一提。他在诗中写道：

　　流动的泉水仿佛凝固的物质，
　　使人怀疑它是否真的是液体；

---

①伊本·塞马克（Ibn Zamrak，1333—1393）：曾是穆罕默德五世的王室大臣和总理的秘书，也是阿尔罕布拉最具文采的一位诗人。

水溢出石盘，长长的水道

成为永久的纪念碑……

这座纪念碑的灵魂是水：流动的水，水中的倒影，水面上不断变幻的光。

在这个美丽的地方，溢出的水提醒着我们有关天方夜谭的故事，有关阿尔罕布拉宫的故事。

国王厅：驻颜的伊斯兰古美人

国王厅（Sala de los Reyes）是举办苏丹晚宴的宫殿。

国王厅的顶面和墙面的石雕布满了门楣和天花板，犹如喀斯特地貌形成的溶洞般极尽繁复和精美的图案。在这里，浓重伊斯兰风格的雕刻充斥着墙壁，而随处可见的喷泉和水槽，时刻跟随游人的步伐流淌在庭院、走道和大厅。

即便是在建筑技术水平如此发达的今天，制作如此精美的花纹仍

▽ 国王厅

实属不易，更何况满墙排列的优美而不失秩序的阿拉伯文字。千年的历史并没有掩盖其曾经惊艳的容颜，虽然斑斓的色彩已从这位阿拉伯古美人脸上消退，但是古伊斯兰魅力无穷的气质却使其永远驻颜。

阿本瑟拉赫厅：血色的大理石纹理

宫殿中有一个厅叫阿本瑟拉赫厅（Sala de los Abencerrajes），其名字来源于阿本瑟拉赫骑士于此被斩首的传说。这是一场表兄弟间的自相残杀。一个月黑风高夜，国王召集阿本瑟拉赫家族的骑士入宫，进去一个杀一个，据说有三十六名最勇敢、最忠心的骑士在此被斩首，洁白的大理石美丽的纹理中渗进遇难者的鲜血，几百年不褪，至今还能隐隐看到。这里曾是宫内最血腥的地方。

阿本瑟拉赫厅呈几何形状的天花板，是采用毕达哥拉斯定理（勾

▽ 国王厅

△ 国王厅

股定理）设计的，即直角三角形斜边平方等于两直角边平方之和。摩尔人继承了波斯人追求极致几何图案效果的建筑习惯。阿本瑟拉赫厅的方墙、穹顶、圆塔装饰图案都用精确的几何形状构筑，整个建筑物内部的蜂窝状饰面被渲染成鲜艳的色彩。

两姊妹厅：诡谲的四方争宠宫殿

两姊妹厅（Sala de Dos Hermanas）拥有奇巧诡谲、如蜂巢和钟乳石般的屋顶。厅内高处的四个房间供苏丹的四位爱妃居住，是为"两姊妹"，底部则由苏丹的母亲居住。四位爱妃谁先为苏丹生出王子即可被册封为后。

很容易看出，为什么两姊妹厅会激起这样的关于欲望与死亡的想象。因为它拥有阿尔罕布拉宫最华美的画壁，最灿烂的穹隆。

阿尔罕布拉宫到处是拼花瓷砖，两姊妹厅的整片花砖墙面被誉为"精妙绝伦、原始独创，为阿尔罕布拉宫美冠群伦的上乘之作"。瓷砖饰带错综复杂,呈现无起始、无终了的图形。在瓷砖的上方有一首优美的诗作,作者是西班牙最后一位伟大的穆斯林诗人伊本·塞马克。

我是一座优雅的花园,欣赏我超群之美。穆罕默德,慷慨崇高,永久长存。伟大卓越之作,溪山风月,池庭花木之胜。多少视觉飨宴,迷离惝恍,如幻似真。微风黎明苏醒,七妹星团相伴。天顶辉煌灿烂,举世无双。天上月娘、银河双星光芒相会。星辰灿烂耀眼,庭院谦恭相随。天际群星闪烁,星辰运转,真主阿拉光芒万丈。地上门廊、天上藻井,美绝人寰。光泽辉映照柱拱,黎明曙光耀天穹。柱身环绕交织,摇曳生姿。柱影光影交融,目不暇接。彩虹五彩缤纷,珍珠灿烂夺目。从未见过如此视野宽阔、至高无上的皇宫。从未见过如此繁花似锦、美不胜收的花园。美丽境界值千金,花园破晓时分,犹如古代的拉马克银币,价值连城。花园落日余晖,金黄彩霞映照满园枝叶,仿佛金币的光芒闪烁。

▽ 两姊妹厅的花砖墙面

诗作译成中文,颇有赋的韵味。

据说,塞马克的诗作一部分是在描述两姊妹厅内非凡的钟乳石状圆顶。

钟乳石状圆顶建筑在10世纪就存在于伊朗,从11世纪起广泛流传于伊斯兰世界。有哲学家指出,从宇宙运作的观点看,圆形的穹顶象征着运行不息的苍穹;穹顶下方则代表人间,形成天上与人间的鲜明对比。天体无形,遥不可及,却可通过钟乳石状的拱顶体现无形的苍穹。菱边相连交叉,形成许多尖角拱形的壁龛,外观宛如钟乳石。另外,单一的尖角拱形锥体与蜂巢状的壁龛相结合,呈现出凸面或凹面等不同变化的组合。格拉纳达的艺术家将象征天堂的圆顶拆解成许多座蜂巢状的壁龛。

另一位学者对钟乳石状圆顶的看法较为感性:"透过光线的照射,所有的建筑元素灿烂闪烁,耀眼夺目。由于装饰元素单位非常微小,形成碎状、点状的色环效果,轻盈飘然,完全融合相交……仅有光影的闪烁与颤动,随即消逝,色彩与外观变化无穷;光线投射到厅内每处角落,形成不同层次的对比与变动。艺术犹如自然真实的本质,每一刻的律动仿佛由无数微小的原子组成。"

两姊妹厅的钟乳石状圆顶由5416块尖角石膏拱形锥体合成。《漫步阿尔罕布拉宫》回忆道:公元1590年阿尔罕布拉宫发生意外爆炸前,两姊妹厅的窗户上装有彩色玻璃,经由窗户采光将光线投射至穹顶上方的尖角拱形锥体。根据不同的时间和光线投射的角度,穹顶上方的尖角拱形锥体与光影交融形成的光线变化,一天中没有一刻是相同的。

虽然是白天,我却可以很容易地想象这里的夜晚:牛奶一样的月光冲洗着爱霞轩的画壁,绿色的树荫变成银黑色,缀着流苏的靠垫与鲜艳柔软的织毯在戴满指环与银镯的手轻轻的抚摸下,发出蒙着苍白的彩光。

帕塔尔宫：存在与虚无

帕塔尔宫（Jardines de Partal）围绕着皇宫逐渐拓展开。在阿拉伯时期曾有许多建筑是由巨商所有，他们住在皇宫附近，其中最重要的就是贵妇人塔（Torre de las Damas）。贵妇人塔在开始建设时被称为帕塔尔，意指门廊，长方形的池塘正对着五个拱门所组成的门廊。

池中的倒影忽隐忽现，人生如梦，亦真亦幻。这里至少出现过三座廊园（帕塔尔宫）：最初建造的，曾经存在的，和眼前看到的。还有两座廊园，一座是记忆中的，一座是属于未来的。

我把卡尔维诺的"词语"改为"画面"："虚伪的不是画面，是事物本身。"

阿尔罕布拉宫是富有欺骗性的。正如华盛顿·欧文所感叹的那样，从它嵯峨的、有些人甚至会觉得过于简朴的外表，根本无法想象

▽ 帕塔尔宫

里面是如何的优雅：花木芬芳，水波晶莹，潋滟的光与闪烁的影交织出一个短暂虚幻的乐园。一位19世纪的旅游者写道："阿尔罕布拉宫严峻、单纯、几乎令人敬而远之的外观，决不透露里面的辉煌灿烂；但是，只消打开一扇门，就好像被仙女的魔杖轻轻点了一下似的，会让人立刻置身于一座人间天堂。"

中国建筑大师林徽因和梁思成也曾游历于此，"长方形的主体石榴院和狮子院互相垂直矗立在不高的山上，俯视着浓郁树丛和蜿蜒红墙。石榴院用于朝觐，狮子院供妃嫔居住，一肃穆，一奢华。游人散尽，石榴院内长条水池涟漪闪烁，波动着天上的群星。周围月色氤氲，给他们以梦幻般的游仙感受。狮子院十二个石狮，个个生气勃勃又似躁动不安。"（王臣，《喜欢你是寂静的：林徽因传》，2015年）那日，二人游览完之后，从格拉纳达郊外返程时已是月明星稀。借那凛冽月光，再回望古老的阿尔罕布拉宫，林徽因忽自竟觉哀伤，那是一种难以言表的感怀。大约如她所言，只有词帝李煜的那一阕《破阵子》才能将之表达得透彻，表达得淋漓：

四十年来家国，三千里地山河。
凤阁龙楼连霄汉，玉树琼枝作烟萝，几曾识干戈？
一旦归为臣虏，沈腰潘鬓消磨。
最是仓皇辞庙日，教坊犹奏别离歌，垂泪对宫娥。

阿卡萨巴碉堡

从纳塞瑞斯皇宫出来，穿过蓄水池广场就是阿卡萨巴碉堡。阿卡萨巴碉堡是阿尔罕布拉宫最古老的一部分。由威严的塔楼和城墙包围起来的阿卡萨巴像是皇城内的一个独立小镇，里面驻扎的部队规模不大，却十分精锐。如同百默哈斯塔（Torres Bermejas），它被认为是在穆斯林抵达格拉纳达前就已建成，当时已经在同一个区域有几个碉堡。碉堡最早存在的记录可追溯至9世纪。它的地理位置十分优越，可以观察和控制山脚下的城镇和区域。

坦率地说，阿卡萨巴碉堡是阿尔罕布拉宫看似最无情趣的地方，可依然值得琢磨一番。原因是比起那些浪漫凄美甚至残酷凶暴的传说故事，军事设施更能反映当时的社会生态。

巨大方形的瞭望台上可以俯瞰整个格拉纳达，远眺内华达山脉，美不胜收。塔楼上有一座著名的钟。1492年1月，天主教君王费尔南多国王和伊莎贝拉女王率领的基督教军队征服格拉纳达王国后，基督

▽ 阿卡萨巴碉堡

教的旗帜就在这里迎风飘扬。天主教王国占领这里后，几百年来这座钟成为格拉纳达居民的精神象征和日常生活的节奏，它在每天的特殊时刻和重要的纪念日都会敲响。有首民谣吟唱道：

我想在格拉纳达生活，
只为了就寝前
可以聆听
守望塔上的钟声。

每年特殊的日子里，一些年轻的单身姑娘为了觅得好人家，会前来敲钟。

当基督徒占领城市后，他们进行了许多工程来修复阿卡萨巴碉堡。在不同的历史时期，且很长的一段时间里，它被用来作为一所国家监狱。

在堡垒的残骸处还有关押重要的基督徒囚犯的地牢。在与天主教王国交战的最后10年内，格拉纳达王朝抓获的天主教军队的高级官员甚至王室成员都具有极大的交换价值，必须直接收押在最精锐的部队眼皮底下。

就像阿尔罕布拉宫，在很长一段时间，阿卡萨巴碉堡是被遗弃的，直到19世纪末20世纪初才开始恢复并开展勘探和管道工程。

在阿卡萨巴碉堡的墙上有19世纪末旅居西班牙的墨西哥籍著名诗人法兰西斯科（Francisco A de Icaza, 1863—1925）非常流行的一句诗："Dale limosna, mujer, que no hay en la vida nada como la pena de ser, ciegoen Granada."（给她点施舍吧，女人；在这个世界上没有什么比生在格拉纳达却是个瞎子更惨的事了。）

阿尔罕布拉宫，风华绝代。

阿尔拜辛：摩尔人最后的叹息

阿尔罕布拉宫是军事防御和宫廷的结合，其中阿卡萨巴碉堡里就有城堡和兵营的遗迹。土红色的城堡外墙在岁月的侵蚀下颇有些斑驳的意味，倒是平添了几分苍凉之感，那里便是格拉纳达著名的阿尔拜辛区。

1492年，格拉纳达的末代君主波伯迪尔不战而降，在被今人称作"摩尔人最后的叹息"的巨石前轻声啜泣。他无颜再走那道"正义之门"，无颜面对被他抛弃了的全城百姓，因此决定从一道小门偷偷下山，并向胜利者要求"出走之门永远关闭"。

伊莎贝拉和费尔南多遵守了承诺，把那扇门永远地封死在了城墙里。

△ 阿尔拜辛

△ 阿尔拜辛街景

△ 阿尔拜辛街景

Granada

格拉纳达 — 她是优雅和微笑，她是绝望与叹息

▽ 阿尔拜辛

Andalucía

想见你，安达卢西亚

△ 阿尔拜辛一角

他那搏战一生、恨铁不成钢的母后，留下了一句力拔千钧的绝情语："你未曾像男子汉一样保卫国土，便怪不得像女人一样流涕痛哭。"

我站在阿卡萨巴碉堡的城墙上，远眺不远处的阿尔拜辛，2000多年前就已存在的白色屋顶在阳光下闪烁着耀眼的光芒。

那个被命运推上君主之位的软弱年轻人，和我看到的，就是同一座阿尔拜辛。

有意思的是，伊莎贝尔和费尔南多在收复了这座摩尔人盘踞在西班牙的最后王国之后，反而深深地爱上了这片土地。他们创立修道院，修建主教堂，甚至最后，把这里当作自己的安息之地。

△ 阿尔拜辛街景

欧文在《阿尔罕伯拉》一书的结尾写道：

"在落日余晖中我来到了道路折入山峦的地方，我停下来最后望一眼格拉纳达。我所站立的小山上能够看到那座城市和周围山峰的美妙景致。这是传说中摩尔人最后的叹息之地，叹息山相对的方向。我现在终于理解可怜的波伯迪尔最后离开时的心情，留在他身后的是一座天堂，而摆在他面前的是崎岖的漫漫流放之路。"

当初为了让格拉纳达早日投降，伊莎贝拉女王曾经答应摩尔人保留伊斯兰教信仰的自由，大多数摩尔人仍然保持着绿教信仰，这对西班牙国家安全是一种极大的隐患，西班牙的宗教裁判所成立的主要原因就是为了甄别那些隐藏的穆斯林和犹太人的。到了伊莎贝拉女王的

△ 夜色中的阿尔拜辛

Granada

格拉纳达 她是优雅和微笑,她是绝望与叹息

曾外孙菲利普二世统治时期，在1568年摩尔人终于发动了大规模的叛乱，但最终被西班牙人镇压下去。从此，西班牙人彻底丧失了对摩尔人的容忍，开始了对摩尔人的大规模驱逐。经过1570年、1584年、1610年三次大驱逐以及相应的火刑和屠杀，摩尔人被西班牙彻底驱逐和消灭。在西班牙全面光复后的一百多年后，西班牙才最终彻底清除了绿教对西班牙的影响。

如今幸存下来的摩尔人依然居住在阿尔拜辛区。与山下富裕的白人区不同，这里的生活是狭小局促的。

阿尔拜辛是格拉纳达的一处世界文化遗产，至今保留着中世纪留下来的摩尔人生活的狭窄街道与他们特色的建筑。西班牙光复后的去伊斯兰化，仅仅磨平了清真寺，但摩尔人留下的街道、民居，还是相对完好地保存了下来。

月光下，我穿行在格拉纳达老城蜿蜒起伏的小巷里，登上制高点圣尼古拉斯广场，展现在眼前的是月光和灯光映照下的阿尔罕布拉宫。恢弘的宫殿和城堡就像停泊在城市上空的一艘船，华丽的皇家三桅船，身披金纱，如梦如幻。冬日里，达罗山谷的薄雾袅袅升起，古老的宫殿变成了一个缥缈的存在，悬浮在半空之中。

吉他曲《阿尔罕布拉宫的回忆》：繁华落尽，沧桑不语

总有一些音乐，和心灵有关。奇妙的是，它们竟会不经意地在某个特定的时候，突然袭击你，包围你，让你惊诧、错愕、感动、兴奋，不知所措乃至泪流满面。

一座建筑、一首乐曲、一份痴情，造就了阿尔罕布拉宫的回忆，

也成为我重返阿尔罕布拉宫的理由。

1898年，46岁的西班牙最伟大的吉他演奏家和作曲家弗朗西斯科·塔雷加于安达卢西亚旅行途中的一个黄昏，参观了阿尔罕布拉宫。其时，历经西班牙内战战火的洗劫，格拉纳达城与阿尔罕布拉宫都已难现昔日的辉煌。面对这座宫殿，看到夕阳下苍茫、悲凉而又玄秘的阿尔罕布拉宫，塔雷加感悟人生和命运的起伏，思绪难平，遂创作了不朽的古典吉他名曲《阿尔罕布拉宫的回忆》，成千古绝响。全曲采用轮指技巧长达三四分钟，充分展现了吉他音色，给人以"珠落玉盘"的感觉，所以也有人称之为"珍珠曲"。于是很多人也想起了白居易《琵琶行》中"大珠小珠落玉盘"的描述。也许，中西方音乐之间本就有很多相通的地方。

《阿尔罕布拉宫的回忆》开始于一丝忧伤，最后以一种复杂的感情在宁静中结束。有人说，这似乎也如塔雷加的人生：在宁静中成长，也在寂静中完成生命。

一直以来，此曲为众多吉他爱好者的必练吉他独奏曲。据说哈瓦那雪茄用它作过广告背景乐，伍迪·艾伦的影片《午夜巴塞罗那》、成龙的影片、齐豫的CD均有它的影子。

当车子驶入阿尔罕布拉宫所处山脚下的停车场时，早就遍地阳光。我走在通往山顶的林荫道上，耳畔传来的，是阵阵悦耳的鸟鸣。渐渐地，鸟语在我脑海中化成串串音符。那是A小调略带忧伤但绝顶优美的调子，《阿尔罕布拉宫的回忆》首段。

我总是想象这一段音乐所描述的，是宫殿繁华散尽后，人去楼空，只剩得残存的雕梁画栋，一番苍凉而凄美的景象。我带着崇敬的心情，一步步走入乐曲所编织的这幅图画里。

在宫殿门外的小广场等候进入时，望着眼前平平无奇的建筑门面，我心里充满期待。站立着的仿佛是个阿拉伯女子，从头到脚让一层黑纱罩住,无一处显露在外,但当风吹过,掀起黑纱一角,却露出底下华丽的裙子。平平无奇门面所罩住的,正是一袭罕见的建筑霓裳,一件伟大的伊斯兰艺术品。

从那缓缓的音乐中,我听见水流过石阶的声音,看见鲜花盛开在古老幽静的庭院,宫殿的墙上缠绕着让人呼吸停止的精美花纹。阳光缓缓隐去,这座千年宫殿,和所有曾经发生在那里的悲喜和落寞,都隐在了星空之下。这时,无数听者都禁不住低首叹息。

神秘悠远的音乐流泻入屋内,回荡于梁间,一串串颤音断断续续拨出,悠悠地诉说阿尔罕布拉宫的回忆。随着旋律的起伏,阿尔罕布拉宫美丽的倩影,不时浮现脑海;摩尔人凄美绝伦的宫廷故事,不时萦绕心际。我也陷入了阿尔罕布拉宫的回忆。

西班牙诗人洛尔迦曾赞叹:"在世界上没有一件比生在格拉纳达

▽ 夜色中的阿尔罕布拉宫

当瞎子还要悲哀的事。"你如果到过格拉纳达，如果看过吉卜赛人穴居的洞穴中上演的弗拉明戈，如果走访过风华绝代的阿尔罕布拉宫，如果曾在星光熠熠下守候过阿尔罕布拉宫的身影，相信一定深有同感。这个建于13世纪的宫殿是伊斯兰教徒在伊比利亚半岛的最后据点，摩尔人在此度过了两百多年的偏安绚丽的岁月。阿尔罕布拉宫是摩尔人无穷想象力的发挥及艺术极致的表现。

阿尔罕布拉宫是风情万种的美丽少妇，隐藏在面纱下的她，有几分神秘，但幽怨的眼神又透露出无限的心事。阿尔罕布拉宫最令人惊艳的是鬼斧神工的雕饰。花草、几何图案爬上石柱、拱门、墙面，交织缠绕；墙面以古阿拉伯文刻满可兰经文及赞美统治者的词句，不只有视觉上令人屏息的美感，也仿佛听到数百年前摩尔人虔诚的反复的赞颂。女性房间特有的镂空木雕窗（称为"加路吉"），从室内可以

清楚看到室外景物，从室外则无法看清室内人物。可以想象当年处在深闺寂寞难耐的后宫仕女，怦怦然地由此眺望在中庭举办的各种仪式，撩拨起红尘心事。

曲径有致的小径，优美静谧的庭院，精雕细琢的回形长廊，置身阿尔罕布拉宫，如进入天方夜谭的童话之宫。阳光透过镂空的精美雕刻洒落一地，辉映着墙上马赛克富丽的色彩，一室光影迷离，平添几许神秘的风韵。可以想象当年满地铺着优美花纹的地毯，到处挂着织染或刺绣的垂幕，昔日那些偏安一隅的王公贵族的奢华生活可见一斑！隐蔽在宫殿一角的摩尔王浴室沙龙，传说着一个凄凉的故事：当年国王在热气缭绕中边享受按摩，边欣赏裸女舞蹈，二楼则有乐师演奏音乐，为了不让春光外泄，这些乐师的眼睛全被弄瞎了。"小怜玉体横陈夜，已报周师入晋阳。"令人不胜唏嘘。

一串串颤音断断续续流出，悠悠地诉说阿尔罕布拉宫的回忆。阿尔罕布拉宫有属于她浪漫凄迷的回忆——你听！当年摩尔人挥泪仓皇出宫，至今你是否仍可听到摩尔人的叹息呢？

洛尔迦：安达卢西亚的精灵骑手

绿啊，我多么爱你这绿色。
绿的风，绿的树枝。
船在海上，
马在山中。

——《梦游人谣》[①]

① 选自《吉卜赛谣曲集（1924—1927）》，北岛译。

△ 石榴纹样的陶瓷画片

从科尔多瓦奔往格拉纳达的路途中,望着车窗外掠过的苍绿色莽莽群山,我的脑海中总是反复回响着洛尔迦的诗歌,那是必须被放声歌唱出来的韵律,简单、晓畅而明亮。愈是靠近格拉纳达,这韵律就变得愈发嘹亮,仿佛那稀疏的橄榄树、苍莽的山岩和炸裂般的繁花都在应和着这旋律,振动着叶片为之鼓呼。

西班牙著名诗人加西亚·洛尔迦对故乡是充满感情的,他曾说:"我热爱这片土地。我所有的情感都有赖于此。泥土、乡村,在我的生命里锻造出伟大的东西。"他从他热爱的安达卢西亚那片神奇的土地,不仅学到了民歌、童谣、乡村戏剧,也获得了"深奥的地方口音"、诗的生成方式和他特有的抒情调性;另外,还有"深歌"①的简

---

① 深歌:一种古老的安达卢西亚歌谣。有人说是摩尔人带来的,有人说它是吉卜赛人的流浪歌谣,有人考察它源于犹太会堂的赞歌。但不管怎么说,它是一直流传在安达卢西亚民间的特有的歌谣形式。它形式短小,有着高亢、近乎呐喊的神秘音调,并充满了古老的悲情。

△ 石榴纹样的陶器

洁、浓烈、本真、神秘对他的强烈启示。他要从深歌中学的，不仅是表面的形式，他要接近或从他自己身上唤醒的是"魔灵"——这个词来自吉卜赛人的口语"duende"。

洛尔迦所说的那片土地，是西班牙也是整个欧洲最南部的"诗意王国安达卢西亚"，是他的"远离尘世的天堂"，有着"细密画"优雅魅力的格拉纳达，是他的出生地富恩特·瓦克罗斯（Fuente Vaqueros）——一个位于格拉纳达一二十公里以外的被橄榄树林和河流环绕的小镇。

富恩特·瓦克罗斯是一个安静、人少的镇子。洛尔迦故居是一幢外表普通简朴素静的小白楼，进去后是一个缀满鲜花的内院，院内最瞩目的是一口井壁很高的古井，爬满青藤的墙上，有一座不大的洛尔迦青铜胸像。

洛尔迦，20世纪最伟大的西班牙诗人，他把诗歌同西班牙民间歌

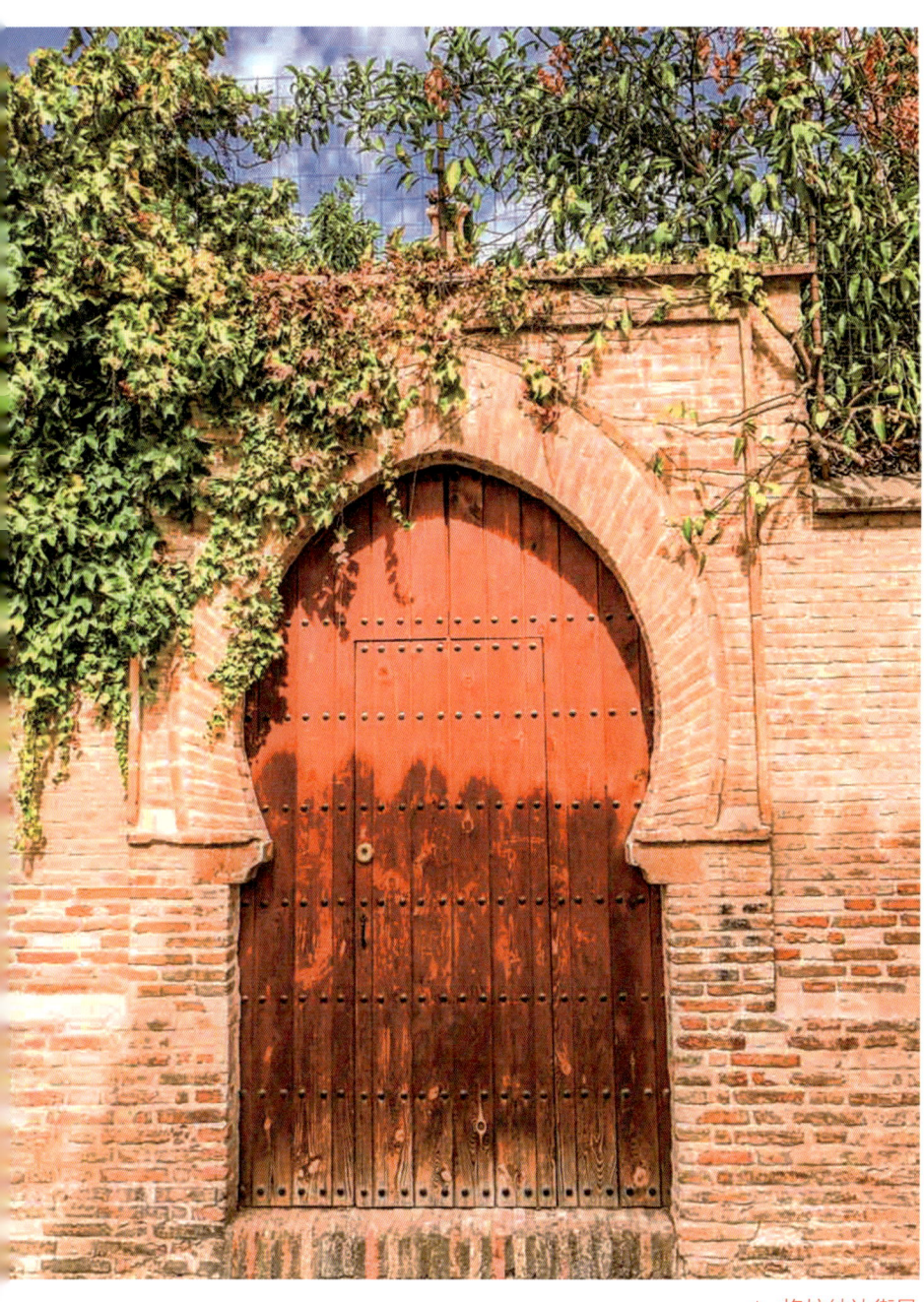

△ 格拉纳达街景

Granada

|格拉纳达| 她是优雅和微笑,她是绝望与叹息

谣自然地结合起来，创造了易于吟唱的诗体。洛尔迦诞生已经一个世纪，当看着诗人小时的摇篮，仿佛感到诗人还停留在故乡的童年里。

洛尔迦诗中的安达卢西亚：转着风旗的村庄，月亮和沙土。他的谣曲写得非常动人，他写哑孩子在露水中寻找他的声音，写得纯美之极。

1898年，洛尔迦诞生于一个富裕的地主之家，就在他出生两个月后，西班牙在与美国的战争中惨败，自15世纪以来的大殖民帝国的荣耀最终在这场战争里崩塌殆尽，其影响之深远，堪比甲午战争对沉浸于天朝上国迷梦的晚清的当头棒喝。知识分子开始寻求"西班牙精神"的复兴。二十多年后，洛尔迦自己也加入了这寻求的过程，成为了"二七一代"①的成员。

然而在那时，他的家乡仍然远离风暴的中心，围绕着旧世界安静地旋转着。在洛尔迦的诗歌中，与童年有关的记忆透着田园牧歌般的甜美。在这座小白楼里，靠近客厅的门廊会闪现出饰演洛尔迦的演员的全息三维投影，投影中的人笑着向游客吟诵诗歌，说着："听，你们是否听到了野外的虫鸣？"之后有一只蓝色的蝴蝶振翅飞到了"洛尔迦"的手指上，化成光点消失了，而"洛尔迦"的全息影像向游客鞠躬致敬后，也就这么消失了。这全息影像在阴暗的一百多年的老房子里显得如此逼真，有如诗人的一缕游魂。

洛尔迦童年的田园牧歌式的生活，不过是平静的假象。1918年，夺走两千万人性命的西班牙流感爆发，洛尔迦的童年玩伴也在这场可怕的瘟疫中逝去。1919年初，西班牙全国陷入动荡，之后洛尔迦前往马德里求学，进入了寄宿学院，在那里邂逅了他的挚友与爱人。那以

---

①二七一代，命名来自于1927年贡戈拉逝世三百周年的纪念活动。纪念活动中总共有50个作家，他们中大部分是诗人，在他们中有四分之一的人出生于1898年。

Granada

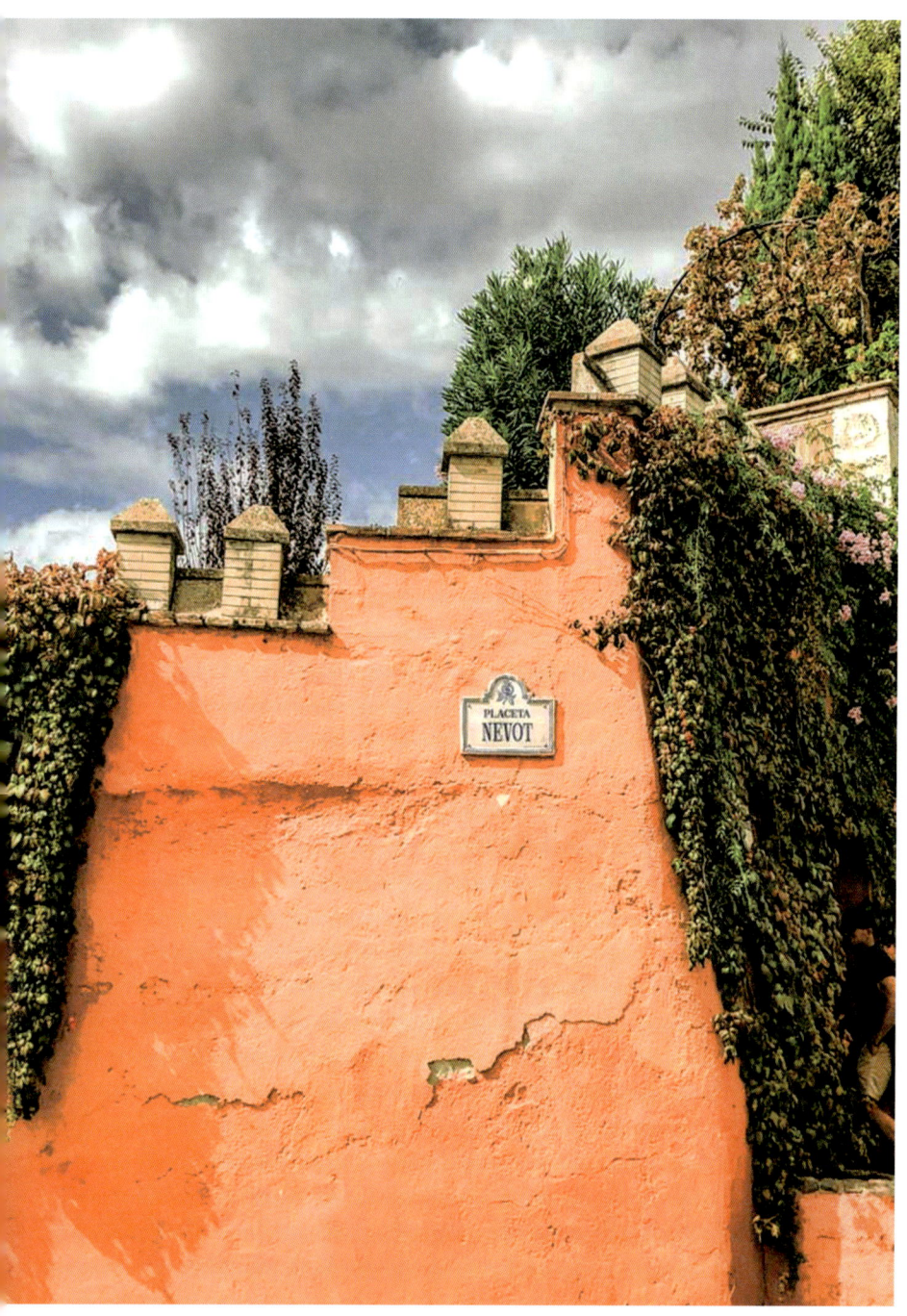

格拉纳达 她是优雅和微笑，她是绝望与叹息

△ 格拉纳达街景

后的故事，也许我们会更为熟悉一些，他与路易斯·布努埃尔[1]成为了好友，爱上了萨尔瓦多·达利[2]。

达利曾导演了一部先锋电影，用名字来暗讽洛尔迦——《一条安达卢西亚的狗》；而洛尔迦直接远走美国，在那里写出了激愤的《诗人在纽约》。而早年他献给达利的诗歌，却历经时间始终不变其甜美：

"当你在海边时，尤其当你描绘吱嘎的声响
和微小尘埃时，请记得我。
噢，我的小尘埃！请将我的名字
注在画上，让其永世留传。"

——洛尔迦写给达利的一首诗

而此诗，正与达利名为《小尘埃》的画相对应。

洛尔迦终其一生都在画画，虽然这一点极容易被忽略。达利曾是他的指路灯。之后他在纽约发表诗集《诗人在纽约》，也一并配上了他自己的插画。

在阿根廷生活期间他更专注于画图，反而对写作投入得稍少些。他还与聂鲁达[3]合作过一些绘画。1929年，在达利与另一位艺术评论

---

[1] 路易斯·布努埃尔（1900—1983），西班牙电影导演、编剧、制片人、演员。1928年，与萨尔瓦多·达利联合执导首部短片《一条安达卢西亚的狗》。

[2] 萨尔瓦多·达利（1904—1989），20世纪最伟大的超现实主义画家。他是一位具有卓越天才和想象力的画家。在把梦境的主观世界变成客观而令人激动的形象方面，他对超现实主义、对20世纪的艺术做出了严肃认真的贡献。

[3] 聂鲁达（1904—1973），智利当代著名诗人。13岁开始发表诗作，1923年发表第一部诗集《黄昏》，1924年发表成名作《二十首情诗和一支绝望的歌》，自此登上智利诗坛。他的诗歌既继承西班牙民族诗歌的传统，又接受了波德莱尔等法国现代派诗歌的影响；既吸收了智利民族诗歌特点，又从沃尔特·惠特曼的创作中找到了自己最倾心的形式。聂鲁达与洛尔迦是多年的至交好友，就像洛尔迦从不吝啬于对聂鲁达的赞美，聂鲁达也始终认为洛尔迦是"我们语言此刻的引导性精神"。

△ 格拉纳达街头涂鸦

Granada

格拉纳达 她是优雅和微笑，她是绝望与叹息

家的帮助下，洛尔迦还开过画展。

译者王家新在《死于黎明》的序言中写到了他和一行诗人去拜望洛尔迦故乡的情形："安谧的正午，空气中是燃烧的火。寂静无人的街道上忽然出现了一位骑在马上的骑手。他梦游般从诗人们身边经过，消失在另一条小巷中。——八十年了，在西班牙，在安达卢西亚，这位最著名的诗人的遗体还未找到，洛尔迦还活在世上，在他的诗中，在掠过马鬃的微风里……"

在格拉纳达市区，不时可以看到的印有洛尔迦的招贴画，和阿尔罕布拉宫一起成为了这座城市的标志。格拉纳达的机场也以洛尔迦命名。

洛尔迦成长的格拉纳达地区，就是摩尔人交出阿尔罕布拉宫，最后离开西班牙的地方。在西班牙，这是受摩尔人影响时间最长的一个地区：那是边远南方的安达卢西亚；那是深歌和弗拉明戈。洛尔迦是在这样的民间歌舞中成长起来的。深歌和弗拉明戈是吉卜赛人的歌

△ 格拉纳达街头涂鸦

△ 格拉纳达街头涂鸦

舞，可是它已经深深融入了安达卢西亚，又通过安达卢西亚人，融入西班牙人的灵魂。

　　大概只有一颗流浪的心，才能真正理解这样的歌舞。有时候，不是人在流浪，而是心在流浪。我不觉得洛尔迦是一个拥有流浪气质的人。他敏感、软弱，甚至胆怯。可是，安达卢西亚把洛尔迦浸溺在深歌的氛围之中，他柔弱的心在战栗、挣扎，几近窒息，最后，这个安达卢西亚羸弱的儿子，直直从心里哭出来：

　　　　吉他的呜咽
　　　　开始了。

△ 格拉纳达街头涂鸦

> 黎明的高脚杯
>
> 破碎了。
>
> 吉他的呜咽
>
> 开始了。
>
> ——《吉他》①

这位出生在伊比利亚半岛的精灵诗人,安达卢西亚忠诚的歌手,

①选自《深歌集》(1921),王家新译。

是瓜达尔基维尔河波浪哀伤的弹奏者，是莫雷纳和佩尼韦蒂科两条山脉簇拥偎抱着的最高雪峰，是那醉人的绿、灵魂的光明与幽暗、弗拉明戈的节奏和生死之间挽歌般的呼吸。

没有哪个诗人像洛尔迦那样接受摩尔人、阿拉伯人、吉卜赛人、流浪者、游吟歌手并热爱他们，为他们写诗，为自己的心和无尽的时光唱着哀歌。

龙达：
一个诗人和旅行家寻根的地方

nda

离开格拉纳达，到达山城龙达时，依稀觉得这里就是想象中的西班牙城镇。所谓的想象中，其实也就是来自文学与电影的印象。龙达深受19世纪浪漫主义者的喜爱，众多国际知名的艺术家和作家来到这里，包括欧内斯特·海明威、莱纳·玛利亚·里尔克（Rainer Maria Rilke）、大卫·威尔基（David Wilkie）、大仲马和奥森·威尔斯（Orson Welles）。

位于悬崖上的小城龙达曾经被诗人莱纳·玛利亚·里尔克誉为"一场无与伦比的奇观"和"梦中之城"。开窗见悬崖的景色让里尔克才思泉涌。这里孕育的历史和传说让现实与梦幻的界限模糊难辨，使龙达地区的独特魅力彰显无遗。这座悬崖边上的白色小镇，占据了得天独厚的地理位置，腓尼基人、希腊人、迦太基人和罗马人曾先后抢占这座城市。也正因为此，它被人们称作"最适合与爱人去私奔的地方"，试想，要逃离凡世一切烦恼，还有哪儿比悬崖之上的美丽小城更浪漫更合适呢？

对于诗人里尔克来说，1913年他追随埃尔·格列柯①的风景画来到龙达，这些都被他记录在自己的《西班牙三部曲》中，其中最后一部分描写的正是龙达地区：

当我再度穿行于城市的人群中，
四周都是嘈杂的声音和
混乱的车流，孤单。
我透过喧嚣，
想起了天空，山边的土地

---

①埃尔·格列柯（El Greco,1541—1614）：出生于希腊的克里特岛，西班牙文艺复兴时期著名的幻想风格主义画家。格列柯兼具戏剧性与表现主义的画风在当时并不受宠，但在20世纪获肯，被公认是表现主义及立体主义的先驱。

△ 龙达的海明威塑像

龙达——一个诗人和旅行家寻根的地方

被归圈的畜群践踏得

坑坑洼洼。

我也许也可以胜任木人们的工作，

走过去、观察、投出一块块石头，

把畜群散开的地方一一镶补好。

龙达"最适合私奔"的名声来自海明威。这位伟大的小说家，也是伟大的战士，曾经在西班牙内战中加入国际纵队为反法西斯而流血。所以他很熟悉西班牙，他在《死在午后》中写道："如果你想去西班牙度蜜月，或者跟人私奔的话，龙达是最合适的地方，整个城市目之所及都是浪漫的风景。"这里有蓝天白云、悬崖白屋，这里鲜花遍地、绿草如茵，这里高居悬崖之上、宛在云端。这一切都赋予了龙达独有的浪漫和神秘气息。

从24岁与新婚燕尔的第一任妻子初访西班牙开始，海明威一生多次重返旧地，他的多部作品都以龙达为背景。除了《死在午后》，描写西班牙内战的《丧钟为谁而鸣》也取材于此。

一百年后，我走过"海明威小道"，还不知道"里尔克博物馆"在哪里。站在龙达著名的新桥（Puente Nuevo）上，只记得大风几乎要把我吹下悬崖。

悬崖上的三千年白色古镇

龙达地处内陆高原上，被埃尔塔霍峡谷（El Tajo gorge）一分为二，沟壑深达98米，长约500米，谷底流淌着瓜达雷敏河（Guada-

△ 龙达新桥

levín)。龙达是马拉加省内最为壮观的一个城市。它所处的地理位置如此神奇，因此得名Serranía de Ronda，意为"被山环绕着"。

龙达是西班牙历史最为悠久的城市之一，可以追溯到新石器时代。高山峻岭可以阻隔尘世的脚步，所以来自罗马帝国时代的最早一批龙达居民们才选择这里定居，距今已经三千年了。人们逃到这里，发现这里不仅地势险要，而且有充足的水源和食物。从此，一座座房屋拔地而起，沿着地势，渐渐成长为一个独立的繁荣小镇。在穆斯林统治时期，龙达甚至成为安达卢斯的省会。15世纪末，西班牙天主教双王占领龙达，对龙达的发展起了质的作用。

龙达当今在安达卢西亚以及整个西班牙社会所扮演的最终角色确定于18世纪。最能代表龙达贵族阶层的建筑——新桥以及龙达斗牛场（Plaza de Toros）便兴建于18世纪。

虽然名字有个"新"字，但新桥并不新。龙达新桥初建于1735

年，竣工6年后意外倒塌，造成50人丧生的局面，直到1751年才启动复建工程，这一次耗时42年总算建成了一座坚固的大桥。极为特别的是，中段的桥拱暗藏了一间约60平方米的屋子，是曾经关押死刑犯的地方。

龙达新桥将98米高的大桥与垂直的埃尔塔霍峡谷完美地连接在了一起，大大方便了老城与新城之间的交通往来。整座桥的造型像是一座大型水坝，这巨大的拱形桥体让我回想起《魔戒》中出现的人类城堡。很难说这些场景设计人员不曾受到这里的启发。土黄色的桥体看上去是完全的实用主义，没有任何不必要的装饰，与悬崖两边的山体连接在一起，看起来就像是直接用山岩开凿雕塑而成，实际上它却是砖结构。新桥之险不亚于秦朝时期的百二秦关。在西班牙内战时，

▽ 龙达

一群人宣称处决了500多名罪犯，把他们活生生丢在了新桥。历史上，这里经常作为罪犯的流放地。同样残酷无情的描述出现在海明威《丧钟为谁而鸣》的作品里，该作品就是以龙达为基础创作的。海明威曾在这里居住创作，现在龙达还保留了关于这个伟大作家的遗迹。

远远地望去，这里就是一座白色的天空之城，一栋栋白屋鳞次栉比地排列在悬崖两侧。龙达的壮丽景象很能勾出人内心宽广狂放的一面，非常适合那些具有冒险精神的人，在这里你可以放弃一些对旅行中细节的追求，尽情地面对这看似危险而让人冲动的景色。或许在面对它的时候，你会像我一样感受到自己的肾上腺素正在产生作用，很想更凑近悬崖去更清晰地感受这股魔力。

来自美国的诗人保罗·鲍尔斯这样写道："任何描写都不足以形容这条峡谷的壮观。"当黄昏低低地挂在悬崖另一边，站在桥上，回望白色和金色桥柱，远方低处是无边的苍茫原野，你既能感受这儿的遗世独立，又能感受小镇的温暖和一丝烟火之气。

鹅卵石铺成的新桥两端，一队队的人守在那里寻找着最佳拍摄位置。泛黄的墙面上被时光冲刷出墨色的印记。触摸上去，满手都是粗糙而黏燥的质感。从新桥的围栏上俯视，断崖像是被劈开的山，高耸得让人心惊。

西班牙几乎所有的帕拉朵酒店（Parador）都是由古堡、修道院、贵族宫殿大宅等古建筑改造而来的，秉承修旧如旧的原则。第一家帕拉朵酒店建于1928年，当时的西班牙国王要去马德里郊外山区打猎，而那里没有行宫，当时国王的管家就命人将当地一所贵族大宅改建成行宫，取名帕拉朵，在西班牙语中意为令人驻足歇息的地方。从20世纪20年代开始，帕拉朵酒店由西班牙政府拥有和经营。它们分散在西班牙各地，大多从古代建筑——宫殿、修道院、城堡、私人官邸——翻修而成，坐落在风景优美的地点，提供精美的饮食。

Andalucía

想见你，安达卢西亚

△ 雪中龙达

龙达——一个诗人和旅行家寻根的地方

龙达的帕拉朵酒店坐落在悬崖之上。站在帕拉朵酒店，我俯瞰埃尔塔霍峡谷，一月冬日里的萧萧冷风吹得云消雾散，青绿整齐或裸露着土壤的耕地不时点缀着墨翠的山林，配着天边厚重的乌云，有种古道西风的苍凉。偶尔伸出的桃花，却又让这一切妩媚不已。

帕拉朵酒店与龙达新桥之间崖壁的一条景观小路，能直通斗牛场。我站在小路上张望，不远处的龙达老城像宫崎骏笔下的城市，清澈澄净、缥缈孤远，一半真实一半虚幻。

站在龙达新桥左右两端搭建起的平地处，我一眼便看到建在山壑中的白色房屋。在侧岩的方向，有为了通行所筑建的楼梯，窄而陡峭，楼梯扶手锈迹斑斑。每一级台阶踩上去都能听到鞋底与石子摩擦的声音。走在上面，随时都让人感觉自己会摔下去一般。

雨过天晴云破。山谷里远远近近的景色，亦冷静亦温柔亦素雅，铺天盖地的狂野，突然让我凭空生出一种瞠目结舌又百口莫辩的窘迫，但这种不期来临的迷茫却是那样的纯粹与快乐。

来龙达，一定要去古代人类定居点参观一番。在市郊的毕连达洞窟可以看到距今已有两万年历史的岩画。历史上，伊比利亚人、凯尔特人、腓尼基人、迦太基人、罗马人、西哥特人和拜占庭人都曾在这里居住过。这里展现在游客面前的主要是穆斯林建筑。在老城还保留有摩尔人的遗址：在内院的地砖上绘有各种艺术图案。他们的建筑虽然从外面看上去没有什么特别之处，但是里面却是别有洞天：蓝色的花盆（摩尔人相信蓝色可以辟邪）、来自希尔巴·布埃纳的胡椒薄荷茶以及上等烟草。和直布罗陀海峡对岸的摩洛哥一样，烟草也是这里每天必需的物品。瑞士作家马克斯·弗里施的作品取材于全世界，在他的《唐璜，或对几何学的爱好》一书中，就描写了这样的一位主教：

在古代建筑这些园林的摩尔人，无疑都是享受生活的天才。所有的庄园，一望无际，凉风习习，安静但不死寂，蓝色的远方透过纤细的栅栏，充满了神秘。人们漫步其间，在阴凉处休憩。晴空万里，但是阳光下的院墙却犹如柔和的镜子，保有一片清凉。多么地愉悦，多么地体贴，多么地懂得生活啊！更不用提艺术喷泉了，多好的艺术啊，让我们深有感触，多么杰出的作品啊，历经岁月仍能彰显才智，多好的文化啊！

瓜达雷敏河谷上有三座桥梁，它们将这座城市的两部分连接起来，其中有一座就是摩尔人建造的。桥下河边还能看见摩尔人浴室的遗址，从中也能反映出摩尔文化的繁荣。

老城一条小巷的后面，有一条弯弯的小路直通峡谷底。坡度愈加使人头昏目眩，一排排小橄榄树不规则地依山生长，这里的一切都是弯的。在艺术家的想象中，它呈现出了无数种面貌。从谷底仰望新桥

▽ 龙达

与龙达城，那种壮美无法通过文字传达，只有身临其境才能明白。

马克斯·弗里施在他的书中描绘了这样一幅图景：

前方是一座拱门，在那里可以看见龙达山谷。当最后一抹阳光照耀到紫红色的女菀花的时候，谷中已是一片荫凉。每当此时我就会想：天堂就在我们脚下。

说到龙达的浪漫，不得不说这个地区著名的山贼文化。19世纪安达卢西亚的土匪在整个欧洲臭名昭著，雄踞内陆的龙达的山贼又最盛。那些被当地人视为劫富济贫的英雄其实就是强盗土匪。后世不断的传说与浪漫演绎，把这些人渲染成了侠盗。然而此侠非彼侠，在龙达的强盗博物馆（Museo del Bandolero），丝毫感觉不到这种"侠"的精神，几乎每一件展品告诉你的都是弱肉强食的丛林法则。

斗牛：充满节奏和感情的艺术

斗牛被誉为西班牙的国粹运动，它具有某种令人着迷的野性气质，吸引了无数艺术家用各种方式表现这种"充满节奏和感情的艺术"，在海明威的笔下，在戈雅的画布上，在比才的乐曲中……

斗牛的古老起源

查阅斗牛的历史，有些评论家会追溯得很远，远到阿尔塔米拉（Altamira）洞窟中新石器时代人类先民的壁画，远到吉尔伽美什与神牛的搏斗，赫拉克勒斯和忒修斯擒捉克里特公牛的伟业，或是密斯拉宰杀公牛的密仪，罗马角斗场的表演……在美索不达米亚和地中海地区生活的古代诸民族中普遍都能找到所谓的"公牛崇拜"的痕迹。实际上，现代斗牛运动的直接渊源在中世纪，是从中世纪西欧两种最流行的贵族运动——狩猎和骑士比武结合演化而来。

狩猎是人类最古老的生存手段之一，也是西欧中世纪骑士社会生活中的重要娱乐和社交活动。贵族骑士作为职业军人，参加战争之余，平日的主要消遣也多与军事技能训练有关，以满足其好斗本能并发散过剩的精力。由于狩猎具备军事训练的实战性，还能满足骑士们从物质到精神诸多方面的需求，使得他们尤为热衷。在长达8个世纪的伊比利亚再征服战争的间歇中，摩尔人和基督徒骑手们将伊比利亚土地上的野生动物们当作目标，在狩猎中一较高低。

鹿和其他温顺的食草动物很容易猎杀，赳赳武夫们更偏爱凶猛而具有挑战性的对手。虽然逼急了的熊或野猪偶尔对猎手构成威胁，但这样的刺激经历可遇而不可求，多数情况下，这些动物还是会选择逃跑而非迎战。直到骑士们与伊比利亚野生的公牛相遇，他们发现这种健美雄壮的野兽，以其独特的高贵和勇敢，比起逃生宁愿选择战斗，并且永不退缩，至死方休。与公牛的搏斗本质上已不再是你逃我追的狩猎，而是一场狂热的野性碰撞和交流，是"狭路相逢勇者胜"的最纯粹表达。或许起初，一些有创意的贵族想到了活捉一些公牛饲养起来，避免自己在野外奔波搜寻的辛苦，从而随时可以找刺激。

在11世纪左右的法国，贵族们发明了骑士比武并传播到欧洲各国。这一特殊的竞技娱乐在磨炼战斗技能的同时，还可以在大众面前展示勇气和技巧，赢得臣民们的敬仰，一举两得。但是，早期的比武规则非常简单，参加者使用实战武器纵马而战，竞技场几乎与真正的战争无异，伤亡之事非常普遍。这种"浪费基督徒的鲜血"，"挥霍金

▽ 斗牛场

Andalucia

想见你，安达卢西亚

202

Ronda

龙达——一个诗人和旅行家寻根的地方

钱，助长贪婪和骄傲"的活动遭到了罗马教会的严厉谴责，从英诺森二世到尼古拉三世，历代教皇屡次颁布禁令，禁止骑士比武，将参加者革出教门。虽然各国骑士基本对禁令置若罔闻，但伊比利亚的统治者们发现，与公牛的搏斗不但同样能在公众面前展示技艺，炫耀武力，还能规避教会对基督徒无意义的同室操戈的谴责，何乐而不为。就这样，在中世纪伊比利亚的某个偏僻角落，西班牙国粹的斗牛运动被创造了出来。

从贵族到平民

第一次有史可查的斗牛活动，发生在1128年的洛格罗尼奥（Logroño），是为了庆祝卡斯蒂利亚·莱昂国王阿方索七世（Alfonso Ⅶ, King of León, Castile and Galicia）与巴塞罗那的贝伦加利亚（Berengaria of Barcelona）的婚礼。从这里开始，编年史上国王们为纪念重要事件，或招待他们的贵宾而举办斗牛活动的记录越来越多，似乎成为了惯例。

应该说，斗牛并非西班牙的专利，文化、语言同属一系的葡萄牙、法国南部奥克西坦尼地区都是斗牛运动的拥趸。但"再征服战争"之后，斗牛运动已经成为西班牙贵族以大无畏的勇敢和宗教的狂热战胜异教徒的象征性仪式。为了表现尚武精神，国王有时甚至亲自下场，挺枪纵马与公牛搏斗：例如卡洛斯一世1527年在巴利亚多利德（Valladolid）为庆祝他的儿子，后来的菲利普二世（Felipe Ⅱ）诞生而举办的庆典；以及菲利普四世为招待来访的英国威尔士亲王（后来的国王查理一世）和白金汉公爵，而在马德里的马约尔广场（Plaza Mayor）上进行的表演。

在菲利普二世统治期间，教皇庇护五世（Pius Ⅴ）震惊于西班牙

△ 斗牛场外部

人对斗牛运动的热衷，他不理解这种无理由的杀戮意义何在，于是下令禁止这一活动。但西班牙人对此不予理会，继续我行我素。当时，西班牙的国力如日中天，又是天主教阵营对抗新教和土耳其穆斯林的绝对主力，教会没有理由在这无关宏旨的问题上与西班牙闹不愉快，于是庇护五世的后任格里高利十三世（Gregory XIII）很快废除了禁令。正如当时西班牙著名学者和诗人路易斯·德·莱昂修士（Luis de León）所评论的，"斗牛运动已经融入了西班牙人的血液中，想让他们放弃是徒劳的。"

18世纪，随着哈布斯堡王朝终结，法国的波旁王室入主西班牙，他们带来了近代追求优雅举止和艺术品位的贵族风尚，在竞技场上追求血的刺激不再与高贵的身份相符。因此，斗牛逐渐退出了贵族娱乐圈,但西班牙民间对这项运动仍然非常着迷,热情不减,结果,斗牛从一项贵族运动转而进入民间,斗牛士不再是贵族骑士,而开始从平民中间诞生。

从马背到徒步

一直以来,斗牛都是一项骑在马上的运动。骑手,也就是斗牛士,以高超的技艺控制马匹,引逗公牛,然后用长矛将公牛刺杀。表演过程中,虽然有一些徒步的助手用白布在一旁分散公牛的注意,但主要的表演和最重要的刺杀环节,都是由马上的斗牛士完成。但也就在18世纪,这一传统发生了改变。1726年,在龙达的一次斗牛表演中,弗朗西斯科·罗梅罗(Francisco Romero,1700—1763),一位斗牛士助手请求骑手和观众们允许他徒步刺杀公牛。抱着试试看的想法,

▽ 斗牛场

大家同意了。结果电光石火之间，罗梅罗轻巧地避开了公牛可怕的顶撞，用佩剑将牛刺杀。这一壮举让观众为之疯狂，也改变了斗牛运动的历史。

接下来的几次斗牛中，罗梅罗成功地复制了他用布引逗，用佩剑刺杀的精彩表演，征服了越来越多的观众。较之仍然带有贵族军事技艺色彩的骑马斗牛，徒步斗牛显然更平民化，也更加充满刺激性和戏剧张力。弗朗西斯科·罗梅罗，一个出身寒微的人，自此成为历史上的第一位职业斗牛士，并被称作"现代斗牛运动之父"。

现代斗牛的发源地

龙达是现代斗牛的发源地，这里有着西班牙最古老的斗牛场及博物馆。斗牛场的建设耗时6年，直到1785年才完工并投入使用。

18—19世纪罗梅罗家族英勇的斗牛士们在这里确立了西班牙斗牛的方式。弗朗西斯科·罗梅罗出生在龙达，是他在传统斗牛的基础上引入了我们今日熟悉的充满戏剧性的红布和斗篷。他及其儿子都对斗牛运动的发展做过多项重要改革。罗梅罗祖孙三代都是斗牛英雄，但在西班牙，弗朗西斯科·罗梅罗的名气却不及自己的孙子佩德罗·罗梅罗（Petro Remero）。佩德罗是西班牙极富传奇色彩的英雄人物。据说佩德罗一生杀死过6000多头牛，而自己却毫发无伤，被誉为"将斗牛的艺术之美发挥得淋漓尽致"，在西班牙备受国人的敬仰与崇拜。在斗牛场外有一尊佩德罗的雕像，他左手持穆莱塔（缀在一条小木棍上的红布），右手持剑，英姿飒爽。

斗牛场的第一场表演即由著名的佩德罗·罗梅罗和佩佩·伊洛完成。以砂岩为基础的龙达斗牛场无疑是西班牙建筑史上的一块瑰宝。斗牛场为有双拱廊的露天建筑，旨在让人们能够更近距离地观赏斗

△ 斗牛场内部

牛，其设计理念与格拉纳达阿尔罕布拉宫的卡洛斯五世宫有异曲同工之妙。斗牛场主体直径66米，为一条石环小径所环绕。斗牛场共有两层观众席，每层5排，由136个柱子共68个拱门组成，可以容纳5000名观众。斗牛场的屋檐为精美的阿拉伯式石砖，其观赏性是其他斗牛场所不可媲美的。圆形场地中间覆盖着黄沙。站在场地中央，我仿佛看见凶猛的公牛，背上插着短刀，在场上发狂疾奔，鲜血一路洒在四

蹄踏起的黄沙之中。似乎从古罗马时期起，这类野蛮残忍的喋血游戏，就一直受到狂热推崇。

西班牙人对斗牛这种"与死亡亲密接触的艺术"的热爱可说到了痴迷的程度。它不仅娱乐了大众，而且给了很多艺术家创作的灵感。戈雅、毕加索，甚至海明威都从斗牛中获益匪浅。毕加索的第一幅油画即为"斗牛士"，那时他才8岁。

20世纪，龙达出现了第二个著名的斗牛家族——奥德涅斯（Ordonez）家族，成为龙达斗牛史另一个具有重要意义的斗牛世家。安东尼奥·奥德涅斯年轻时英姿飒爽、器宇轩昂，斗牛技艺炉火纯青，他也是海明威的好友。海明威的最后一部作品《危险的夏天》刻画了两个斗牛士之间的较量，其中之一就以安东尼奥为原型。安东尼奥·奥德涅斯在1954年进行了举世闻名的戈雅式古典斗牛（Goyescas），其服饰和各种设计让人仿佛回到了画家戈雅所生长的时代。

安东尼奥·奥德涅斯的孙子卡耶塔诺·里韦拉·奥德涅斯（Cayetano Rivera Ordonez）是西班牙现在仍很活跃的著名斗牛士，英俊潇洒得如同影视巨星。他甚至成为了乔治·阿玛尼（GeorgioArmani）的品牌代言人。据说，自2007年起乔治·阿玛尼亲自为他设计奢华的斗牛服。几十年前,毕加索曾为他的爷爷安东尼奥·奥德涅斯设计过一套斗牛服。

关于斗牛的所有事迹全收藏在看台下的斗牛博物馆,里面按照时间顺序介绍了斗牛文化的发展。游客还可以看到深受海明威赞赏的著名斗牛士奥德涅斯昔日穿过的斗牛衣等文物。博物馆还收藏了17—19世纪和马术有关的书籍、版画和油画,斗牛用具以及反映斗牛主题的青铜雕塑。此外,还有皇家马具展、古董武器展等。

在斗牛场旁边的地面上竖立的两座铜碑,却是两个美国人。

一位是海明威,他热爱龙达,很多次到这里旅行,在作品中反复提及这里。

另一位是奥森·威尔斯,威尔斯对龙达的热爱甚至超过海明威,他要求死后从美国加利福尼亚移葬到这里。在铜碑上他的头像下刻着他的话:"一个人并非来自他出生的地方,而是来自他葬身的地方。"威尔斯与龙达的渊源见于1955年《与奥森·威尔斯周游世界》中关于

▽ 斗牛场内景

西班牙斗牛的章节，或许又源于他与西班牙著名斗牛士安东尼奥·奥德涅斯深厚的友情。

至于海明威，与威尔斯一样是狂热的斗牛爱好者，曾久久踯躅于龙达，还郑重地写道："有一座小城……对于想观赏第一场并且仅想观赏一场斗牛表演的你而言再好不过，那就是龙达。"

在海明威的作品中，贯穿多部的即是与龙达息息相关的主题——西班牙斗牛。海明威的第一部长篇小说《太阳照常升起》的灵感来源于1925年他第三次去西班牙旅行的经历。这部小说被誉为海明威最伟大的作品，他也借此成为"迷惘一代"的代言人，而小说中19岁的斗牛士更是直接取名于现代斗牛的鼻祖——罗梅罗。

海明威曾经写道，"杰出的斗牛士就好像是一部盛大歌剧中的演员，唯一的区别是如果他唱不出高音C就可能直接被杀死。"在专门描述斗牛运动的《死在午后》中，他说："在斗牛中，人们被死亡所吸引；与死亡近在咫尺，又从死亡身边溜走。"斗牛仪式在华丽激情的外表之下，有一种震撼人心的悲剧美。

每年9月初是龙达的斗牛节，在这段期间，龙达便会像烧开了的葡萄酒一样沸腾起来，人人处于兴奋的癫狂状态，这是斗牛士们的节日。在斗牛节上，人们可以观赏到的是西班牙最具代表性的"戈雅式古典斗牛"赛事。出场的人物清一色的古装，整套排场和服饰都是根据18世纪西班牙画圣戈雅笔下的斗牛场面复原的，这是西班牙唯一的。只有在斗牛的日子里，小城龙达才展现出人们想象中的西班牙的样子。正午过后，龙达全城到处是地中海地区特有的蓝天和阳光，大街小巷挤满了人，女人和小孩身着民族服饰当街载歌载舞，人人激情洋溢。

美酒之城

回顾龙达的悠长历史，葡萄酒文化在龙达土地上留下了深深的烙印。伊比利亚人、希腊人、迦太基人、拜占庭人、腓尼基人、古罗马人……龙达一代代统治者对葡萄酒制造技术的革新和发展让这块土地酿出的酒甘醇可口。

8月末艳阳高照的一日，一对母子在史前古城安西尼普的仙特尼溪边采摘着早已成熟的野葡萄。两人将采下的葡萄放进草筐中，提着满满的一筐蜜果心满意足地回到了村子。不知是一时粗心还是上天安排的巧合，被遗忘在筐里早已熟透的葡萄在夏日的高温下竟在几小时内悄然无声地完成了天然陈酿，产出了一种人们从未见过的、味道甜美的汁液。

这一偶然事件便是龙达酿酒传统的起源。葡萄的栽培与葡萄酒的生产技巧，最初由腓尼基人引入东、西地中海各国。根据历史记载，西班牙，包括整个安达卢西亚自治州，最初的葡萄酒生产可追溯到公元前2世纪。

而在这历史长河中意义最为深远的，要数约公元前50年的罗马时期。当时，龙达，或者具体来说，安息尼普古城（Ronda la Vieja——"美酒之城"），正处于其葡萄栽培的全盛时代，连市面流通的钱币上亦印有葡萄的花纹。

将葡萄酒文化发扬光大的毫无疑问是古希腊和古罗马文化。荷马所著的《奥德赛》中对葡萄酒的描述，柏拉图对葡萄酒所带来的经济效益的记录，以及古罗马帝国的农业条款的记载，葡萄酒一直是地中海地区古老的文化传统。

随后，教会继承了古人留下的这一文化传统，将葡萄种植业发扬光大，除了延续古人留下的种植和酿造技术，教会还将葡萄作为其各种宗教徽章中地位最高的标志。据《圣经》记载，耶稣曾经说过："我是葡萄树，吾父是园丁。"在"最后的晚餐"中，他也曾将葡萄酒描述为自己的鲜血。

不为人所知的是，阿拉伯文明对葡萄酒的赞誉也是记载于其历史档案之中。对酒神巴克斯和葡萄酒的赞誉是阿拉伯古典诗词中的重要主题之一，其文学辉煌一直延续到前伊斯兰时期。在这一时期，葡萄酒是生命与爱的象征。当然，这些赞美葡萄酒的诗词，对早期伊斯兰宗教文化来说是一个严重的挑战。"我死后请用葡萄酒与我同葬，让它的根源，治愈我骨髓中的饥渴。"古阿拉伯诗人阿布·米哈詹·阿卡塔菲（Abu Mihjan Al-Thagafi）曾如是恳求过。

同样，在13世纪，阿尔梅里亚人伊本·卢云（Ibn Luyun）在他的农业著作中用几个章节的篇幅介绍了葡萄的种植，包括其种植地的开垦和植株的清洁、修剪、接枝以及

△ 街头的红酒小店

龙达·一个诗人和旅行家寻根的地方

△ 龙达乡间

葡萄的压榨方法。

当然，龙达与葡萄和葡萄酒的紧密关系是有迹可循的。西班牙国王费利佩于1568年在格拉纳达广场（Plaza Viva Rambla）颁布的龙达城市政条例便是很好的证据。条例中指明："马拉加一带的耕地应用于葡萄树的种植。"由此再一次证明了葡萄种植和葡萄酒酿造作为当地经济基础的重要地位。条例还指出："任何没有经过土地所有人授权的人均不可随意采摘葡萄、树藤、树枝，更不能随意移植葡萄树。"同时，条款还确定了采摘、搬运和踩压葡萄的工人的工资标准，在当地产酒充足的情况下禁止在龙达交易非当地所产的葡萄酒等规定。国家对当地红酒产业的保护充分体现了葡萄酒产业对龙达当地的经济所做出的贡献之大。条款中指明，同一餐厅中不可贩卖两种白葡萄酒或两种红葡萄酒，但是可以贩卖红、白葡萄酒各一款，违规者须交300银币的罚款。这一举措让龙达打破了只生产白葡萄酒的禁锢。

葡萄的种植也被记载于18世纪和19世纪初期的文案中。19世纪末，根瘤病毒（专门蛀食葡萄根茎的一种蚜虫）来袭龙达地区，病毒直接攻击葡萄树根，对当地的葡萄种植业带来了致命的伤害，让葡萄酒酿造这一传统产业一度荒废。

20世纪末期，当地成功研制出新的葡萄栽培技术，培育出了不同品种的黑、白葡萄，并将其用于红葡萄酒、白葡萄酒及玫红葡萄酒的生产酿造。

随着高品质、口感清新、地道并有浓郁果香的葡萄酒的问世，这场革新取得了辉煌成果。众多小规模酒庄的兴建以及政府创新计划的实行让龙达山区（La Serranía de Ronda）重现往日的丰盛景象，两者结合让当地葡萄栽培的质量得到了保障，维护了龙达"美酒之城"的

△ 龙达乡间

△ 龙达街景

名誉。而今，龙达山区的葡萄酒之路和酒窖位于安达卢西亚南部的马拉加省，包括龙达和阿里亚特镇。这里有格拉萨莱马和涅韦斯山自然公园，被命名为生态保护圈，还有橡果自然公园（los Alcornocales）。由于地处地中海地区，这里得天独厚的气候和丰富的地理条件，为葡萄带来独特的味道。这里出产的葡萄酒均以原产地命名。

美景配美酒。沿着龙达山区葡萄酒之路游览，途中可以品酒，接受葡萄酒治疗，参加酒窖音乐会，漫步葡萄园品尝当地美食，到葡萄酒研究中心参观……

现代的小镇生活

在西班牙的城市和小镇上，经常能看到历史与现代的完美结合。龙达也是如此，虽然是一个宛如隔世的小镇，其实生活依然便利、现代。虽然这里的街头建筑透着浓厚的中世纪风情，但是随处可见的咖啡馆和餐馆，洁净的街道和处处装点的鲜花，还有友善的居民，都告诉你，这绝对是一个宜居之处。安静的街巷，白墙绿树，一派浪漫气息。这里是最富有诗情画意的地方。游荡在龙达的老城区，走得脚疼都毫不在乎；这里有最浪漫的生活，一扇打开的阳台门后，传来柔美悠扬的吉他或者钢琴声；这里有最梦幻般的生活，却又真实无比。

龙达悠久复杂的历史，加之无数名人赞誉的光环，让它坐拥摄人

▽ 龙达街景

△ 龙达街景

△ 龙达街景

Andalucia

想见你，安达卢西亚

心魄的力与美。鉴于这种特别的魅力，我倾向于承认龙达是一个可以激发人潜能的地方，它坚不可摧地几乎成为本地最后被基督教徒占领的摩尔人城镇，它所透露出的坚韧气质很容易渗透进人们的脑海中并构成影响。相比起它的浪漫，或许这一点才是真正吸引海明威的地方，因为这位作家朴实直接但蕴含丰富的写作特点，与龙达外表的壮阔雄浑但内藏秀丽相得益彰。

在这里，我们追寻着海明威的足迹，按照前人的指点去精心地探寻这座意味深长的城市。现在看来，真可谓不虚此行。海明威曾对这里做过这样的总结："龙达有着人们驻足停留时所需要的一切：不需要离开旅店就能看见四周浪漫的景色，奇妙的短距离的散步，优质的葡萄酒，美味的鱼肉大餐，极好的旅舍，几乎可以说不必再做其他什么事情了……"

安达卢西亚：
狂欢飨宴

Anda

lucía

"到西班牙旅行却没尝过塔帕斯（开胃小食）和生火腿，算不上到过西班牙。"一句话将西班牙的美食推至世界顶级的位置。它融合了地中海和阿拉伯地区烹饪的精华，广受世界各地美食家的赞誉。

如果说，旅行是你的灵魂，美味是你的情人，那西班牙就是你的命中注定。

从风味绝佳的各种塔帕斯小吃店，到众多名声显赫的米其林餐厅；从赫雷斯的雪莉酒，到让人终生想念的西班牙火腿，没有人会说在西班牙吃不好。要真正了解西班牙，需要调动视觉、听觉、嗅觉与味觉各个层面去全面解构其灵性和华美，而西班牙美食，绝对是不可错过的一场艳遇。

"安达卢斯"（摩尔人的安达卢西亚）这个词会立即勾起对糖果

▽ 西班牙海鲜饭

△ 塔帕斯

展、藏红花馅的大米团和红红珠宝般石榴的幻想。异域风味所搭配的简单又精心准备的火腿被切成薄片，肉色绯红，肌肉周围的淡淡粉红色的脂肪如云环绕，肌肉之间的纤维却犹如丝网密布成大理石的细纹理。顶级制品的外观则更像一件艺术品。复杂的技艺里蕴藏有深厚的哲学思想：少即是多。

Comida（吃）、Bebida（喝）和Fiesta（节庆）是安达卢西亚人生活里非常重要的部分。安达卢西亚人天性好热闹，尤其在夏日为躲避炎热，很多活动都在傍晚举行，活动结束后亲朋好友一起外出就餐喝酒，这是他们一种重要的社交方式。这样就不难理解他们历史传承下来的特殊饮食习惯了。看来安达卢西亚人不是在餐馆吃，就是在去餐馆的路上。

用身体去体验安达卢西亚的美食很有必要，因为那里的每一道菜都蕴含着历史、趣味，也和世界各种美食风尚相互交融。这些菜会让你的胃走进历史与文化的最深处……

△ 塔帕斯吧

塔帕斯：西班牙饮食国粹

西班牙人实在是太热爱塔帕斯了，每年几乎每座西班牙城市都会举办一到两次塔帕斯美食节"塔帕斯之路"，当地多家餐厅会推出一款自己最拿手的塔帕斯参加评选。尤其在发源地塞维利亚，塔帕斯就是一种你随时都可以找到的亲切料理。塔帕斯吧（Tapas bar）轻松的氛围，合理的价格，让人能近距离感受西班牙人个性中的热情和随意。

但是这份美味怎能独享，西班牙人还要把它介绍给全世界。于是西班牙人将每年6月的第三个星期四定为"世界塔帕斯日"（World Tapas Day）。

多变的"盖子"

关于塔帕斯起源的说法各异，但都可追溯至几世纪以前。其中一种传言是大约200年前，西班牙的国王去到南部的一家酒馆，老板便奉上当地的葡萄酒（正是现在的雪莉酒），而上菜时赛拉诺山火腿（Jamón Serrano）和西班牙辣香肠（Chorizo）像盖子一样遮住了酒杯，而"Tapa"正是西班牙语中的"盖子"。另一个更老的关于塔帕斯的传说，则是在13世纪，当时的国王下令该地区的所有酒馆不能单独供应葡萄酒，必须搭配小菜，以避免酒客轻易醉酒。小菜通常放在酒杯之上与酒一同呈上，仿佛杯子的盖子一般。无论哪一个传说更接近真实情况，直至19世纪塔帕斯才大范围普及到整个西班牙。在那之前，塔帕斯在每个地区有着不同的名字。

发展到现代，塔帕斯就成了西班牙小食的代名词，就和小零食有点像。但它和我们说的甜点是不一样的，它是以做菜的方法，做成类似饼状的或者球状的，里面是很有货的。塔帕斯在每个地区、每个餐馆的内容和味道都不一样，很有一点私房菜的味道，主要食材还是土

▽ 塔帕斯

△ 塔帕斯

豆、鸡蛋、辣椒、豆类等。现在随着食材的不断丰富，塔帕斯也在不断呈现出不同的味道。

　　塔帕斯可以很简单：1英寸（2.54厘米）长的西班牙辣香肠片覆在小面包上、盐腌的猪腿肉熏制而成的赛拉诺山火腿、羊奶干酪薄片、蒜和百里香腌制的橄榄……岁月流逝，它们变得更为精致，与各种蔬菜、肉类和调味料完美结合：西班牙土豆煎蛋饼、面包上铺着甜椒和猪里脊肉、混合两种调味料的炸辣味土豆……如今，人们更是乐于烹调美食并不断进行研究、革新，塔帕斯因而可以变得更加精致。每个地区、城镇，甚至每个酒吧、餐厅都有他们自己的特色菜。加泰罗尼亚北部海岸的凤尾鱼、纳瓦拉的白芦笋、马拉加的煎鱼、加利西亚的章鱼……

　　随心所欲，自由搭配，这特别吻合西班牙人自由奔放的性格。所以，在西班牙，塔帕斯不仅是一种食物，更是一种随心所欲、轻松自在的生活方式和态度。

慵懒而又热烈，是西班牙人的基因。当然，这些也写进了西班牙的塔帕斯文化，成就别具一格的西班牙生活方式。塔帕斯生来就是为了鼓励人们相互交谈、相互分享，也是因此，使得"分享美好"成了它与生俱来的基因。

其实塔帕斯无形中体现了一个地区的多面性。西班牙不同地区的人准备的材料和烹饪方法在某种程度上可以透露出当地人对美食的追求。同样，从塔帕斯也可以看出地区差异。由于南部地区天气炎热的时间较短，人们偏向于经常外出，他们更习惯户外社交活动，于是把塔帕斯当作正餐。相反，西班牙北部地区的人把它看作家庭午餐或晚餐之前的开胃小菜。另外，南部地区的塔帕斯更油腻，煎炸更多，或

▽ 塔帕斯

△ 塔帕斯

许还更复杂。不过现在这些习惯基本上已混合，在西班牙每个角落都可以找到各式各样的塔帕斯，重口味的或清淡的。然而还是有一样传统多少保留下来了：地区特色葡萄酒。塔帕斯吧一直保留着一个传统，即招牌菜搭配当地特色葡萄酒。

塞维利亚最古老的塔帕斯吧

在塞维利亚，有一家传统的塔帕斯吧——El Rinconcillo。这家被当地人称作"小拐角"的餐吧，1670年开始营业至今，已经经营了350个年头，是塞维利亚最古老的酒吧餐厅之一。El Rinconcillo在这么漫长的一段时期基本没有任何改变。在漆黑油亮的木质收银台前，顾客的点单明细是用粉笔直接写在瓷砖铺就的墙面上的，菜单也是被直接刻在石头上的。在这家古色古香的塞维利亚传统塔帕斯吧里，菠菜鹰嘴豆（las espinacas con garbanzos）和油炸鳕鱼（las pavías de bacalao）最受食客们的推崇。

店内的装修和陈设好像三个多世纪以来都没有改变过，忙得不可开交的店员们都拥有一张好像会咬人的古代面孔，但他们其实都很亲切；吧台旁站着的都是年老的熟客，整个画面令人仿佛置身于怀旧电影中一般。

老店自有老店的规矩，El Rinconcillo 墙上写着"Prohibido terminantemente el cante"，即"禁止唱歌"，原来西班牙人一喝醉便会唱起弗拉明戈来，声音之响，十分扰民，所以他们便立下此告示。很多地道的塞维利亚塔帕斯餐吧都不设座位，当地人都喜欢站着吃喝，所以到了这个有多年历史的酒吧不妨入乡随俗。食客点菜后，这里的店员随即在木头桌面上以粉笔写下价钱，买单后便以湿布擦掉，古老又环保。

在西班牙，酒吧文化根深蒂固，西班牙人喜欢用酒吧里的塔帕斯填饱肚子。这种美食

▽ 塔帕斯

△ 塞维利亚最古老的塔帕斯吧

文化，在塞维利亚发挥到了极致。22点之后的酒吧里，人头攒动，笑声、酒杯声与叫卖声是共同的音乐。人们成群结队的、七嘴八舌的，谈论朋友间的八卦或者热门话题。塔帕斯是聊天的最佳催化剂，一盘盘的轻食自吧台内不断传送出，不管是生火腿片也好，沙拉也成。笑着、喝着，肚子也吃得饱饱的，每个人最后都带着满足离开。可以说，酒吧是整夜都讴歌人生的塞维利亚人的精神支柱。来到塞维利亚，体验最地道的当地生活，便是加入到转酒吧的行列中，像当地人那样：你可以第一家酒吧就站着喝喝啤酒，吃吃西班牙风味的煎蛋卷；接着去第二家酒吧喝葡萄酒、吃火腿，再吃点独家小吃；然后朝下一家酒吧出发……

△ 塔帕斯吧内部

△ 塔帕斯吧服务员

西班牙海鲜饭的前世今生

如果要选择一道料理代表西班牙,西班牙人绝对会毫不犹豫地选择海鲜饭。金黄的米饭、青色的豆子、白色的鱿鱼、红色的甜椒和西红柿,这些五彩斑斓的食材搭配出了西班牙最有代表性的料理——西班牙海鲜饭。去西班牙旅游,除了领略明媚的阳光,品尝一份盖满各式各样海鲜的海鲜饭绝对会让你感到不虚此行。有趣的是,最早的"海鲜饭"并没有加入海鲜,即使在现在的西班牙,加入海鲜依然不是"海鲜饭"的主流。以至于现在,西班牙海鲜饭甚至被改称为"肉菜饭"、"西班牙大锅饭"或是"西班牙烩饭"。

在每一盘西班牙海鲜饭厚厚的橄榄油与金灿灿的米饭中,你可以读到古罗马向伊比利亚半岛扩张的故事;从俗称海鲜饭之魂的西班牙番茄酱(sofrito)中,你可以尝出酸甜可口的韵味以及西班牙帝国从

▽ 西班牙海鲜饭

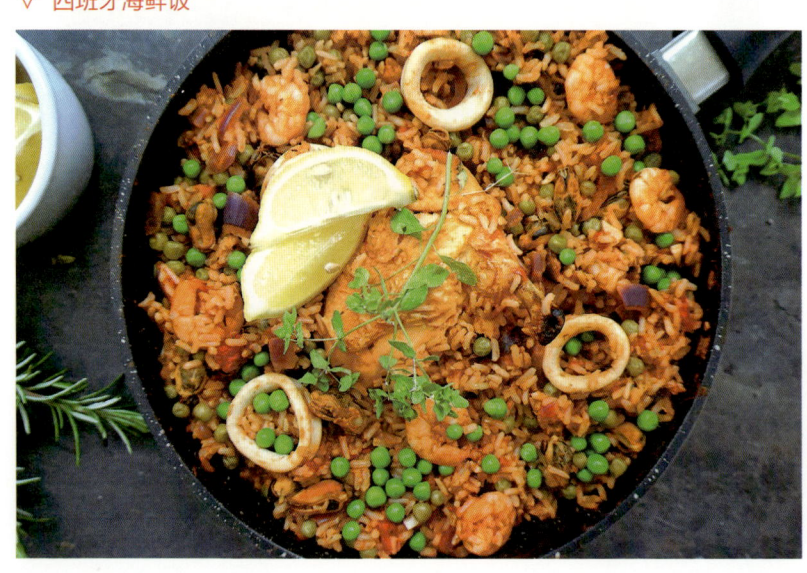

△ 西班牙海鲜饭

△ 西班牙海鲜饭

新世界带来的意外惊喜；而藏红花（saffron）和蔬菜则为你讲述了摩尔人在伊比利亚半岛上的七百年的生存印记。一盘西班牙海鲜饭，记录了西班牙人饮食习惯与生活变迁的方方面面。

浪漫而又不失嚼劲的历史碰撞

西班牙海鲜饭绝不是单纯依靠一个巧合被创造出来的，而是自古罗马时代以来，西班牙土地上不同文化碰撞融合的结果。作为西班牙堪称国宝级的美食，美味的西班牙海鲜饭少不了丰富的食材与精湛的烹饪技术。古罗马人、摩尔人以及新航路的开辟者们不断带来新的食材，摩尔人作为西班牙海鲜饭烹饪基础的奠基者，在海鲜饭的历史上扮演着极其重要的角色。

伊比利亚半岛曾是古罗马的一部分，因此深受罗马帝国的影响。

▽　西班牙海鲜饭

△ 西班牙海鲜饭

伊比利亚半岛濒临地中海和大西洋，有着地中海沿岸国家明显的特点：阳光明媚，气候温暖，非常适合橄榄以及葡萄的种植。所以在古罗马时期，伊比利亚半岛成为古罗马橄榄油和葡萄酒供应地，橄榄的大量种植深刻地影响了西班牙烹饪，使用味道淡雅的橄榄油一直是西班牙烹饪的精髓。除此之外，古罗马帝国时期农业的迅猛发展使得伊比利亚半岛得以受益，大量灌溉系统的修建以及蔬菜的培育无疑让伊比利亚农业发生了巨大变化。在古罗马时期培育的芦笋、洋蓟、洋葱等甚至成为后世西班牙烹饪必不可少的食材。

公元5世纪左右，随着罗马帝国的衰落，不同文化和种族的人开始进入伊比利亚半岛。到了公元711年的某一天，杀气腾腾的摩尔人部队横渡直布罗陀海峡进入了伊比利亚半岛，很快整个伊比利亚半岛都处于他们的控制之中。住在伊比利亚半岛的人们大多数改信伊斯兰教，在这个时期，猪肉是被禁止食用的，西班牙人不能制作古罗马时期人们最喜爱的火腿和香肠了。而摩尔人带来的北非的烹调方式和食材，却使得西班牙料理变得更加多元化。

这一时期，摩尔人带来了稻米，并且修缮了古罗马人的灌溉系统，以便给水稻提供充足的水源。但是，当时摩尔人的主食依然不是稻米，而是麦类粮食。据推测，当时水稻种植面积并不大，且水稻被摩尔人认为是神圣的作物，所以一般在祭祀时作为贡品使用。出乎我们意料的是，当时食用麦类的方法不是做面条（因为面条还尚未在欧洲出现），而是做成麦饭。有不少传闻说海鲜饭起源于这个时期。传说中，古代摩尔人宫廷中的仆人收集了宫廷宴会剩余的饭菜，他们将菜与饭混合加热，于是变成了一种类似于杂烩饭的食物，这是西班牙海鲜饭的雏形。在摩尔人时期，制作麦饭的烹饪技术已经成熟，将菜

▽ 西班牙海鲜饭

与麦同时烹饪可以使得麦饭更加美味。其次，摩尔人还带入了海鲜饭至关重要的香料，那就是藏红花，因为藏红花可以将海鲜饭中的米饭染成漂亮的黄色且令米饭散发出迷人的香气。藏红花虽然最早是在古希腊时期就已经栽培，可是并没有传入伊比利亚半岛，而是先传入了北非，再由摩尔人带入了伊比利亚半岛。而摩尔人还带入了一种面积较大却比较轻便的平底锅，这种锅使得烹饪方式发生了变化。"西班牙海鲜饭（Paella）"这个单词就是起源于这种平底锅的名称，以至于这种锅现在就叫Paella（拉丁语中"小锅"的意思），它是正宗海鲜饭上桌时的标配。

8世纪，当柏柏尔人从北非穿越安达卢西亚到达巴伦西亚（Valencia，西班牙城市）的时候，他们发现了一片河流将近海平原分割成数块，并将该片区域称作阿尔武费拉（Albufera，如今的西班牙自然保护区）。该片区域资源富饶，植物和动物种类繁多，同样也孕育出了一段西班牙新的文明。当摩尔人到来之后，这片湿地被用来种植大米，为摩尔帝国在伊比利亚半岛上的扩张提供了粮食的保障。随后的130年里，这里的大米产量不断升高，并孕育出了世界上驰名的大米文化。

当然，西班牙海鲜饭也不是突然之间出现的，它经历了漫长的改良，是西班牙历史与环境所"烹饪"出来的。海鲜饭最早可追溯到17世纪的参考文献《巴伦西亚的大米》（*Rice a la valenciana*），随后到19世纪，现代海鲜饭的大圆盘才真正出现。如今，西班牙海鲜饭是世界上最著名的以米饭为原材料的食物之一。

从15世纪开始，西班牙陆续从摩尔人统治下独立出来，而独立不久的西班牙和葡萄牙就做了一件影响欧洲命运的大事——开辟新航路。在中世纪，欧洲饮食口味比较重，大多数依赖味道浓烈厚重的香料来调味，食材本身的味道并不突出。伊比利亚半岛并不适合种植味道强烈的香料以及糖料作物甘蔗，大多数香料和蔗糖须从印度、印度尼西亚、斯里兰卡等国家进口。阿拉伯商人的垄断，使得进口这些东西变得异常困难。尽管欧洲中世纪的人们饮食嗜好口味偏重，昂贵的香料却迫使日常平民的饮食异常清淡，对于鱼类来说，用油煎一下就可以果腹，或者像鲱鱼之类的，用盐稍加腌制便可以生食。而且在当时，腌制食物，如意大利的萨拉米，也需要使用香料，这样会使得腌制食物的味道更好。总的来说，欧洲人想要摆脱难吃而又无味的菜肴以及延长食物的保存时间，找到进口香料的途径是极其必要的。在当时，香料是十分昂贵的，比如胡椒的价格或许可以和等重的黄金媲美。谁能控制香料的进口，谁就能赚取大量的财富。新航路的开辟，很大程度上说，是欧洲"吃货"的一次遥远的觅食之旅。在"土豪吃货"的资助下，航海家远渡重洋只为带回那些迷人的香料。

　　在西班牙决定开辟航路进行香料贸易之前，达·伽马已经在葡萄牙的资助下，成功到达了印度，并且带回了许多香料和宝石。西班牙决定让哥伦布去开辟这条航线，哥伦布到达了美洲，却误认为这是印度。虽然他没有带回昂贵的东方香料，却带回了比那些香料更重要的食材，比如土豆、玉米、辣椒等。没有土豆和玉米，欧洲无法养活众多的人口；没有辣椒，就不会有风味独特的西班牙海鲜饭。烟熏红椒粉不仅给西班牙海鲜饭增添了风味，更赋予了大多数西班牙菜以鲜明的特色。据推测，辣椒被带回欧洲是因为在美洲没有发现胡椒的踪迹，而辣椒辛辣的口味恰恰类似于辛辣的胡椒，辣椒作为胡椒替代品被带回欧洲，因其味道更强烈，在欧洲的厨房找到了自己的一席之地。西班牙人热爱运用辣椒，也善于制作辣椒制品，油浸大红椒、左利口香肠和烟熏甜椒粉都是西班牙的特产。做西班牙海鲜饭一定要使用烟熏甜椒粉增加饭的烟熏风味和甜味。

　　经过复杂的食材积累环节后，西班牙海鲜饭渐趋成型。现代的西班牙海鲜饭其实是发源于瓦伦西亚（Valencia）的一个淡水湖边，因此最初的版本是没有海鲜的。当地的农民在劳动结束后，就带着大而轻便的平底锅生火做饭，将锅架在燃烧的木材上，使用稻田里种的稻米，将田野中新鲜的蔬菜炒一炒，加入稻米和水，再加入少许的藏红花和甜椒粉使得米饭更加艳丽和美味，而肉类则就地取材，田野间的野兔以及蜗牛均抓来投入锅中。这样一锅类似大杂烩般的食物味道却令人惊奇。此后，这道饭被大家传开，各地衍生出了不同的版本。有意思的是，瓦伦西亚式海鲜饭（Paella Valenciana），是不加海鲜的，而是加青椒、蜗牛、鸡肉和豆类。

作为一道发源于民间的料理，即便这道菜肴非常美味，还是遭到了贵族的冷眼。当时西班牙贵族的主食是豆子，豆子产量低，价格不菲，十分符合贵族特殊的癖好。贵族们还认为水稻种植在水田当中，

▽ 西班牙海鲜饭

水田容易滋生蚊子和蚂蟥，蚊子极易传播疟疾，因此总是将米饭与贫穷、疾病联系起来，认为吃米饭会有损健康。贵族们烹调豆子的方法也是颇为讲究，先在锅中加入火腿骨，然后用高汤炖煮豆子，这样做出来的豆子味道非常好。可是豆子难以咀嚼和消化，还容易让人们腹部胀气，并非作为主食的良好选择，只有米饭这种便于消化的食物才适合作为主食。久而久之，贵族们也被海鲜饭的美味所惊艳到，愿意把米饭作为主食。

不断改良的海鲜饭

在西班牙各地，海鲜饭的烹调方法被广泛传开，经过不断的改良，味道越来越好。现在烹调海鲜饭时，加入白葡萄酒和高汤，米饭会略带微酸和鲜甜。当然，最重要的改良莫过于加入了海鲜，大部分海鲜饭一定会加入青口、扇贝和虾。然而大家在很长一段时间内都忽

▽ 西班牙海鲜饭

△ 西班牙海鲜饭

视了西班牙绯红虾，这种西班牙本土的虾中极品，其甜美赛过龙虾和鳌虾，之前居然被用作钓鱼的饵料，人们并未考虑把它作为食物。直到人们发现它的美味后，其身价才开始剧增。而在烹饪海鲜饭时加入的贝类会慢慢张开，释放出充满海水味的甜美汁水，这些汁水使得海鲜饭更加鲜美。

除此之外，海鲜饭还是户外聚会的最佳餐食，用架子支起一口大平底锅，底下点火，就是户外烹饪，围观的人会因为看到米饭逐渐熟至金黄散发出诱人的味道而跃跃欲试。

在西班牙各地的节庆中，都喜欢把户外共享海鲜饭作为一项活动。有多美味其实都不重要，吃的就是大锅饭的气氛。

而今，西班牙海鲜饭主要有三种：瓦伦西亚式海鲜饭（包括米饭、蔬菜、鸡肉、鸭肉、兔肉、蜗牛、豆类、香料）；海鲜式海鲜饭

△ 西班牙海鲜饭

（米饭、各类海鲜、调料）；混搭式海鲜饭（一种自由混搭的米饭，有鸡肉也有海鲜，此外还有蔬菜、橄榄油、藏红花及其他香料）。

另外，在海鲜饭的系列中还有一种墨鱼汁海鲜饭。西班牙当地人管它叫海鲜黑饭。米饭发黑的原因就是因为使用了黑色的墨鱼汁。

据说数百年前西班牙的无敌舰队在征战中南美洲时，有一次炊事员已经用完黄色粉末，又一时无法购买，炊事员干脆用原本准备扔掉的墨鱼汁来替代黄色粉末。黑色海鲜饭做好后连厨师自己也不敢相信其味居然如此之美、之鲜。早就饿急了的士兵将黑饭一扫而光，炊事员还受到了嘉奖。从那以后，墨鱼汁海鲜饭不仅写进了西班牙的传统菜谱中，还经过各地厨师的改良变得更加受人青睐。

墨鱼的黑汁是墨鱼用来对抗要侵犯它的敌人的，每当墨鱼感到要被敌人侵犯时它就将黑色墨汁喷出作为烟幕,给自己的逃跑寻找机会。

厨师说,如果墨鱼没有危机感就不会喷出墨汁,时间长了墨汁就不新鲜,在墨鱼喷出一次墨汁的10分钟之后产生的墨汁最新鲜,味道也最佳。

因此加工墨鱼汁的工厂先要让被抓到的墨鱼将陈旧的墨汁喷出,10分钟后再割下墨鱼的汁袋,取出新鲜的黑汁水进行加工做成海鲜原料。

西班牙人在吃黑饭时一般总在饭上面浇一点柠檬汁,加一点酸味可以减一点腥味。他们在吃海鲜黑饭的同时也会叫一份生菜,这样有荤有素。

几百年来墨鱼汁饭已经成了西班牙菜谱中的一道亮丽风景。

在西班牙,正宗的海鲜饭应该是夹生的。对于西班牙人来说,品

▽ 墨鱼汁海鲜饭

尝生的滋味——食物原始的味道是一种追求。所以，在西班牙，如果海鲜饭是全熟的，可能会被要求退货！

西班牙油条：美味在街头

西班牙油条（Churros），亦作吉事果、拉丁果、吉拿果，是一种源于西班牙的条状面食，但也在拉丁美洲、法国、葡萄牙、美国及加勒比海多个以拉美裔人口为主的岛屿盛行。西班牙油条与中国的油条类似，两者都是当地早餐时经常会食用的食品，但西班牙油条是甜

▽ 西班牙油条

△ 西班牙油条

△ 西班牙油条

Andalucía

安达卢西亚 狂欢飨宴

的，而中国的油条是带咸香的。通常西班牙油条都是需蘸上巧克力或咖啡来吃。

在西班牙，油条是大众食品，颇受当地人欢迎，一般配以香浓温热的巧克力蘸着吃。不过在世界的其他地区，西班牙油条已经被各地的饮食习惯成功改造成各具地方特色的美食。现在的油条，不再只是"西班牙"的油条，里面可以塞满各种甜甜的奶油酱，也可以配上风格迥异的辣椒酱，十分接地气。油条外面酥脆，里面软嫩；中间为网格状，油腻，颜色金黄，冷热皆宜，营养丰富，加上冰激凌，浇上巧克力汁，或佐以丰富多样的特色辅料，油炸的粗糙，冰激凌的丝滑，还有巧克力的香浓，吃在嘴里感觉非常奇妙。

西班牙国酒——桑格利亚

西班牙有很多著名的料理，像是西班牙海鲜饭和塔帕斯，而若说起饮品，最出名的非"桑格利亚"（Sangria）莫属，也可以称之为"西班牙水果酒"。

在古代，还不具备净水技术之前，水是不能直接饮用的。因为水源是用来洗澡和冲洗牲畜的，会存在大量的细菌，只有加入酒精，才可以起到杀菌的效果。因此，欧洲人开始酿制葡萄酒，并将其作为日常饮品。就算孩童，也不例外。随着制酒业的发展，人们开始往葡萄酒里掺入各种水果、香料，制成甜酒，以迎合更多人的口味。

传统的桑格利亚要追溯到好久以前，那时希腊人和罗马人会把葡萄酒和糖及香料混合做成名为"草药甜酒"（hippocras[①]）的酒饮，有

[①] Hippocras：一种中世纪欧洲的草药甜酒，成分有姜，肉桂，糖，苜蓿和肉豆蔻。

△ 桑格利亚

△ 桑格利亚

Andalucia

安达卢西亚 狂欢飨宴

247

▽ 桑格利亚

△ 桑格利亚

▽ 桑格利亚

Andalucía

想见你，安达卢西亚

时会加热再喝，当时因为水里有很多细菌，不宜饮用，所以草药甜酒随处可见。也可以说，草药甜酒可能是桑格利亚的始祖。

公元前200年，罗马人西征伊比利亚半岛，将葡萄园和甜酒技术带入西班牙。从此，西班牙人便开始了自己的甜酒之路，并逐渐形成了今日独具西班牙风味的甜酒——桑格利亚。

到了8世纪左右，因为信奉伊斯兰教的摩尔人入侵征服，葡萄酒业一度衰退，直到15世纪末摩尔人结束统治才又慢慢恢复。葡萄酒业复兴，也就代表桑格利亚重回人们的生活中。

到了18—19世纪，英格兰和法国则发展出以法国葡萄做成桑格利亚。此外，还有白葡萄酒或气泡酒做成的桑格利亚。

桑格利亚在1964年的纽约世博会首次亮相美国，从此风靡世界。

在西班牙语中，sangria有血的意思，而红酒就象征着血。传统上，桑格利亚是以西班牙葡萄品种田帕尼优（Tempranillo）、来自里奥哈（Rioja）产区的葡萄酒及柑橘类水果制成的。

桑格利亚，有人把它比作是危险的爱情，那深红的颜色，犹如烈焰的嫩唇，充满了激情与诱惑；那甜美的滋味，宛如脉脉的温情，让人留恋与陶醉。这种混合性微酒精饮品就是以红葡萄酒为基酒，随意配以烈酒、汽水、果汁、水果等调制而成的一种鸡尾酒。西班牙人随心所欲的特性在这里又一次得到了体现。

西班牙蔬菜凉汤，盛夏的餐桌之花

蔬菜凉汤（Salmorejo）通常作为头盘菜，是安达卢西亚地区科尔多瓦的一道传统菜肴。在哥伦布发现新大陆，把番茄和辣椒带到欧洲之前，它只是隔夜面包、盐、橄榄油、大蒜、醋等的混合物。由于这道菜的主要配料是面包碎，因此最后做成的样子看起来就是一道菜泥汤，通常配上其他的食物一起吃，比如火腿碎、蒜末和熟鸡蛋碎等。由于做蔬菜凉汤的配料非常的简单，所以说这也是一道非常经济实惠的菜。这道菜通常被作为消暑的好食物，但是，由于这道菜是泥状的，因此有时也将这道菜作为调味品，用来蘸别的食物，通常情况下可蘸油炸的食物。

▽ 西班牙蔬菜凉汤

△ 西班牙蔬菜凉汤

蔬菜凉汤的烹饪历史可以追溯到人类第一次使用石头来捣碎配料开始。用这种原始的"捣碎机器"做美食在以前非常流行，运用广泛。蔬菜凉汤最初是没有加入番茄的，因此也叫白蔬菜凉汤。蔬菜凉汤拥有两个非常重要的历史时刻：第一个就是加入了番茄，使得其颜色变成红色；另外一个就是现代搅拌器的使用。这两个重要的时刻在一个世纪内完成。

捣碎食物的历史可以追溯到新石器时代甚至是旧石器时代。在远古时期的人类经常用石头将硬的食物捣碎使其更加容易消化。有些作家认为这是烹饪的最原始的方法。捣碎食物的器材的完善和发展是缓慢的，经过很长时间的发展，才出现了研钵。在西班牙的美食历史上，罗马帝国的入侵给西班牙带来了小麦的更进一步的使用（比如将小麦制成面包）和以小麦为原料的其他美食，比如面包汤等。面包汤是用小麦粉加盐水制成，是当时底层人民和军团士兵们日常生活中非常常见的基本食物。罗马人雇用研磨工人捣碎食物。研钵的使用可以在《古罗马烹饪书》①（*Apicius: De Re Coquinaria*）这本古老的烹饪书上找到。罗马士兵们通常还喝一种用水和醋混合的汤，叫"加醋凉水（posca）"。由于"加醋凉水"非常凉爽，因此有时会用它来蘸硬面包或者是过期的面包。在《古罗马烹饪书》这本书上还记载了一种醋加面包的调味品。这种用醋和面包制成的调味品非常古老，在《圣经》中的《鲁斯之书》上都有提及："来，拿起面包蘸醋。"

可能在哈里发时期的科尔多瓦美食只是简单的蒜蓉、盐、面包碎和生橄榄油和醋制成的奶油状的汤，而且还是用木制的或石制的或铜制的研钵捣碎的。研钵在13世纪就被一些作家在其作品中所提及，是烹饪中常用的器皿。研钵也在后来的西班牙美食烹饪中被广泛使用，我们在委拉斯凯兹②的画《老妪煮鸡蛋》（*Vieja friendo huevos*）（1618年）可以看到研钵的踪影。

在15世纪中期，西班牙美食中就已经出现了很多种用面包、醋等制成的调味汁。这些调味汁都继承了罗马特色，比如安达卢西亚的玉米面糊（mazamorra）。从穆斯林时期开始就有一种和蔬菜

---

①《古罗马烹饪书》成书于4世纪末5世纪初，作者为阿比修斯（Apicius）。书中记录了古罗马人的饮食。

②委拉斯凯兹（Diego Rodriguez de Silva y Velázquez, 1599—1660），文艺复兴后期西班牙最伟大的画家，对后来的画家影响很大。

▽ 西班牙蔬菜凉汤

△ 西班牙蔬菜凉汤

▽ 西班牙蔬菜凉汤

Andalucía

安达卢西亚 — 狂欢飨宴

253

▽ 西班牙蔬菜凉汤

▽ 西班牙蔬菜凉汤

Andalucía

想见你，安达卢西亚

254

△ 西班牙蔬菜凉汤

▽ 西班牙蔬菜凉汤

安达卢西亚 狂欢飨宴

255

凉汤很类似的美食，叫面糊粥。面糊粥通常使用面包、洋葱等制成，是在平民中很流行的菜肴。这道菜没有在社会上层和国王的餐桌上出现过。这可能就是这道菜缺乏资料记载的原因吧。

1492年，哥伦布发现美洲新大陆，之后番茄被引入西班牙。番茄引进欧洲后慢慢被接受并在安达卢西亚美食的烹饪中占有一席之位。从17世纪或是18世纪开始，人们开始用番茄烹饪美食，主要是为了获得番茄的颜色。

蔬菜冷汤变成红色是后来的事，也是一次偶然的事。番茄作为烹饪配料是在20世纪初开始的，之前并没有文件记载过番茄的用法，大部分的记载都是在20世纪初。尽管番茄在烹饪上面的使用获得了很大的成功，但是不得不提的是在20世纪初时，对于蔬菜冷汤用番茄的烹饪尝试是很少的。在当时，白色的蔬菜冷汤中加入的主要是洋葱和芦笋等蔬菜。番茄慢慢流行开来，通常捣碎后使用。直到最后才形成了我们现在吃的蔬菜冷汤。20世纪70年代家用电器的使用使得制作蔬菜冷汤更加简单。用搅碎机很快就能把需要捣碎的食物弄碎，这样也减少了做蔬菜冷汤的工序。到了20世纪70年代末，蔬菜冷汤成了一道简单实惠的美食，也更加广泛地流行开来。

科尔多瓦炖牛尾：似曾相识的味道

在西班牙，历史传统影响着今天的饮食习惯。古罗马人的橄榄油延续至今而愈发强势，几乎任何食物人们都可以自然而然地加入橄榄油；而阿拉伯人的影响体现在口味方面，酸甜的腌渍银鱼、大量使用干果和果仁的甜点。在欧洲，美食遍地的赞誉不应属于法国，反倒该

△ 科尔多瓦炖牛尾

给西班牙更多的赞叹，尤其符合国人的味蕾——煎、炒、烹、炸、炖兼有的西班牙菜才最让人倾倒。比如色香味俱全的炖牛尾（rabo de toro，在塞维利亚叫作cola de toro）能彻底满足我满是乡愁的胃。

这道菜可以追溯到古罗马时期，后来随着斗牛的风靡，炖牛尾也从16世纪开始从发源地科尔多瓦流行起来。如今在安达卢西亚，它基本上类似国内的番茄炒蛋一样普遍，大小餐馆都有卖，且不一定使用斗牛而得的牛尾，而是更多地使用普通牛尾。炖牛尾的步骤非常讲究，将汆烫好的牛尾放入汤锅，搭配各种香料、月桂叶及红酒，微火炖煮软烂，起锅后，通常会在盘子里加上薯条（片），而成为一道视觉、味觉皆美的佳肴。此类传统菜式很少有一个标准化的菜谱，每个

安达卢西亚 狂欢飨宴

△ 科尔多瓦炖牛尾

餐馆似乎都有自家的配料秘诀，炖出来的口味不尽相同：有的汁比较稀，料头依然留着，不打碎；有的把料头与汁一起打成比较稠的酱；有的把料头过滤后把汁重新煮成类似红酒汁的样子；有的加很多红酒，颜色较深；有的加了少许咖喱粉，有北非风味。但无一例外都是香气四溢，入口即化，我想其精华应该在于以安达卢西亚纯正的橄榄油和当地特色的雪莉酒作为酱汁。

伊比利亚火腿：小黑猪跑出来的绝世美味

第一次到西班牙时，我就爱上了塞拉诺火腿（Jamón Serrano），这种火腿比较像闻名于世的意大利帕尔玛火腿（Prosciutto di Parma）[①]，适合佐配哈密瓜、无花果或夹面包吃。

正如意大利面之于意大利人，西班牙人对火腿的热爱同样到了一种迷恋的程度，不仅一日三餐中都会出现火腿，就算是下午茶时间，他们也会找到一家火腿店，让老板切上几片火腿，配上芝士或饮料，悠闲地度过午后时光。

在西班牙的任何地方，都会看到一根根硕大粗壮的猪后腿被高高悬挂，这就是西班牙最有名的火腿（Jamón），它与松露、鱼子酱、鹅

[①] 帕尔玛火腿：原产地是意大利帕尔玛省（Parma）内的南部山区，是全世界最著名的生火腿。其色泽嫩红，如粉红玫瑰般，脂肪分布均匀，口感为各种火腿中最为柔软，因此正宗的意大利餐厅都有供应。在意大利，能否提供优质的帕尔玛火腿，几乎成为评价餐厅品质好坏的标准。

▽ 伊比利亚火腿

肝并称为美食世界的四大奇葩。

　　与中国饮食文化中的火腿在制造过程中用到烟和火作为工具来加工猪肉不同，西班牙的火腿只用盐，不用火也不用烟，这是非常特殊的制法。火腿的制作时间一般为2～3年。制作

△ 用伊比利亚火腿做成的塔帕斯

▽ 伊比利亚火腿

△ 伊比利亚火腿

者以优质海盐腌制猪肉，然后放进4摄氏度的冰箱内；12天后将海盐抹去，在接下来的3个月内把温度调高至20摄氏度；之后将火腿送往储藏窖继续腌制2年；加工后的火腿肉必须通过嗅觉测试，才能盖上"顶级"的印章。

　　西班牙火腿大致可以分为两种：一种是塞拉诺火腿，是最常见、售价比较便宜的一种，用白皮猪猪腿肉制成。另一种火腿和塞拉诺火腿不太一样，价钱比塞拉诺火腿贵好几倍，它就是用小黑猪猪腿做成的伊比利亚火腿（Jamón Ibérico）。

　　最著名的伊比利亚火腿的生产地，是在西班牙南部的安达卢西亚的一个叫哈布果（Jabugo）的小镇——一个点缀着栗树和橡树的美丽地方。这里时常飘泼大雨却始终保持着温和的气候，这种得天独厚的气候条件，造就出了伊比利亚黑猪最好的生活环境；这里是不可复制的顶级火腿诞生之地。哈布果制作伊比利亚火腿的历史悠久，早在罗

Andalucía

△ 伊比利亚火腿

▽ 伊比利亚火腿 ▽ 伊比利亚火腿

想见你，安达卢西亚

262

马时代就开始研究和制作。这个地方制作的火腿味道非常好，原因是当地的种猪与其他地方的种猪有许多异样。这种猪只吃橡树掉下来的果子，如此一来猪脂肪中的胆固醇含量就低，脂肪变得清洁、透明。即便有高血压、肥胖症的人也可以食用。

伊比利亚火腿必须用安达卢西亚高山放养，吃橡树子长大的土猪的后腿肉，用盐为腌料，每月都揉搓上料，再吊起来沥油风干，两年后才可食用。而最高级的陈年生火腿是六年陈，这时风干生火腿已经"羽化登仙"了，薄薄一片可透光的红艳艳的火腿，吃在口中滋味不可思议。

伊比利亚火腿价格十分高昂，因此总是现买现切，用一个木头和钢制的架子摆放着陈年火腿，再用锋利无比的长刀，像削纸片般地削下薄薄一片又一片风干的火腿。

火腿师傅削肉，就像生鱼片师傅切生鱼一样，要有一流的切工才行。因此塔帕斯吧的师傅，在切风干火腿时绝不多语，总是全神贯注。而削下的火腿薄片，薄如一层透明纸，泛着红渍渍的油光，吃进口绝不油腻，滋味新鲜却又丰富，完全把猪肉变成另一种神奇的食物。吃伊比利亚火腿时，不用搭配其他食物，纯粹单独品尝，一口一口吃下腌肉在时间中变化的秘密。而如果搭配上陈年的雪莉酒，每一口吃的都是岁月造就的奇迹。

△ 塔帕斯吧正在切割火腿的厨师

雪莉酒：装在瓶子里的西班牙阳光

雪莉酒被誉为西班牙的国酒，早在古罗马时期就已经享有盛誉，并在中世纪时备受各国商人青睐。因经常出口到欧洲其他国家，因此人们十分形象地将它比喻为"会旅行的酒"。

在西班牙，它的名字应该是"赫雷斯"，Jerez-Xérès-Sherry 就是赫雷斯的西班牙文、法文和英文名称。雪莉酒，像很多欧洲名酒一样，它也因产地而得名。它源自安达卢西亚加的斯省（Cadiz）一个叫作赫雷斯（Jerez）的小城。这是一个有着摩尔人和穆斯林血统的古老小城，坐落有许多雪莉酒酒窖。

雪莉酒是安达卢西亚地区的葡萄酒，与其文化背景高度相关。

8世纪时，摩尔人入侵西班牙，并将蒸馏技术带到了这个国家，之后西班牙当地的葡萄酒生产商才开始出产加强酒。16世纪时，西班牙雪莉酒在欧洲备受推崇。也是在那个时候，雪莉酒传入了英国。1587年，在占领了西班牙南部城镇——加的斯之后，德雷克爵士（Sir Francis Drake）将3000桶雪莉酒带回了英国，随后在英国引发了雪莉酒浪潮。在这个雪莉酒最大消费国兼进出口商的传播下，英语的"Sherry"反而盖过了西班牙语的"Jerez"，"雪莉酒"一词从此声名远扬。追根溯源，关于英文名Sherry，据说来源于古代英语。它的意思是反应快，喜欢和人接触，充满热情，善辩，独立，过于敏感，对遭遇不幸的人十分慷慨。这类标签，仿佛就是天生为雪莉酒的独特脾气做了最贴合的诠释。

雪莉酒的魅力席卷英国宫廷，醉倒过英国女王伊丽莎白一世；温布顿公爵发动军事行动，只为争夺这款销魂的醇烈美酒；英国文豪莎士比亚钟情它的丰厚美丽，称之为"装在瓶里的西班牙阳光"，还在

▽ 雪莉酒

△ 各类雪莉酒

剧作《亨利四世》写下"如果我有一千个儿子，我会教导他们做人的首要原则是：摒弃那些平淡无味的凡酿，而只沉醉于雪莉酒"；253桶雪莉酒陪伴世界航海家麦哲伦环球旅行，见证人类历史璀璨重要的一页……

莎士比亚说过："好酒有两项优点。一是它很容易影响你的头脑，使那些愚蠢、忧郁的想法烟消云散。二是它使你热血沸腾，随之而来的就是勇气。"（出自《亨利四世》）因此，充满热情的西班牙雪莉酒，在莎士比亚看来就是勇气的代名词，它带给我们如西班牙阳光般灿烂的欢愉感受。雪莉酒拥有特殊的魔力，使不少人沉醉于它。

自公元前1100年酿酒技术进入西班牙起，酿造雪莉酒的赫雷斯地区就是葡萄的栽培中心，可以说赫雷斯地区的酿酒历史几乎就等同于西班牙的酿酒历史。在这样的历史背景下，西班牙第一个国家葡萄酒法案（1933年）颁布生效时，赫雷斯就成为了西班牙第一个和欧洲最古老的法定产区（D.O.）。

雪莉酒堪称"世界上最古老的上等葡萄酒"。其产区受欧盟法律保护，只有产自安达卢西亚的赫雷斯（Jerez de la Frontera）、圣卢卡（Sanlucar de Barrameda）和圣玛丽亚港（El Pueto de Santa Maria）三个小镇之间的三角区域（又称"雪莉酒三角洲"）的酒才能叫作"雪莉酒"。

时至今日，赫雷斯依然是全球唯一的生产风格独特的雪莉酒的产区。世人盛赞雪莉酒之时，也屡屡提及赫雷斯，如朱利安·杰夫斯就在《雪莉酒》一书中写道："大自然貌似对赫雷斯产区的酒农们很慷慨，但这种慷慨是有代价的，因为雪莉酒是一种傲娇又顽固的酒，直到它结束那冗长而复杂的陈年过程，没有人可以断定它将会变成什么样子，这种不定数让人很是烦恼。要知道世间有数不尽的雪莉酒类型，且没有任何两桶雪莉酒是完全意义上的一模一样。"

▽ 雪莉酒

△ 佐酒小吃

　　赫雷斯与雪莉酒，就是葡萄酒世界最美的天作之合。

　　雪莉酒是用晒干的葡萄酿制而成的，在酿造过程中要加入白兰地，酒精浓度比葡萄酒高，达到16度或17度；口味也较甜，一般用

来当饭前甜酒，由于只喝一小杯，因此刚好达到助兴的目的，而不致引人入醉。

雪莉酒的酿造，十分特别，永远是老酒加新酒；为了保持品质稳定，在橡木桶上都会用粉笔写有像"1/322"、"1/612"等数字，指的就是当初该年份制造的酒有多少桶。如"1/322"即指322桶中的1桶，因此从一桶中舀出多少的量再加上不同年份的多少的量，可以年年造出较接近的酒。

一百年的酒，听起来太有历史，但因为雪莉酒总是老酒加新酒，所以并非整瓶酒都有百年历史。装了瓶的雪莉酒，不会再在瓶中老化。因此百年的历史就封存在瓶中……

在西班牙传统酒馆（bodegas）中，常可以看到打扮老式的雪莉酒保，他们穿着无袖黑上衣，手里拿着一米长的鲸骨长勺，顶端有

△ 雪莉酒桶

一个银质小杯，从陈年的雪莉酒桶中，在不破坏表面的酒花（Flora）薄膜的情形下，如斗牛士般的华丽转身，金色的液体在空中画过一道弧线，落入特制的雪莉酒杯中——真是美丽的仪式。